哈福

中文拼音對照 易學就會

第一次

學德語
German Made Easy

超簡單！

附 MP3

魏立言◎編著

初學德語最強入門書 馬上和德國人聊開來

哈福

德語學習私房秘笈

　　學德語，很多人就會聯想到枯燥的發音練習，似乎那是一條漫長的路。也因此，對一般有心學好德語入門者，或是曾經學過德語有過挫敗經驗的人來說，怎麼走出第一步，或是再跨出第二步，都是相當頭痛的問題。

　　本書是為了符合沒有德語發音基礎的人，在沒有任何學習壓力下，馬上開口説法語，德國走透透。於是，利用中文當注音這一個小把戲，讓學德語變得好輕鬆、好自然。

學好德文的關鍵就在單字會話

　　本書特為零基礎德文學習者編著，從德法文單字會話學起，精心收集德國人使用頻率最高的2000個單字，採中文拼音輔助，依據情境、分類編排，快速掌握必備單字會話，很快的德文就能流利上口。

用耳朵加強聽說能力

　　為加強學習效果，最好能搭配本書的精質MP3，學習純正道地的德文，有助你掌握實際的發音技巧，加強聽説能力。

中德對照，中文唸一遍、德文唸兩遍

　　MP3內容為中德對照，中文唸一遍、德文唸兩遍，請讀者注意德語老師的唸法，跟著老師的發音覆誦練習，才能講出最標準的發音，反覆練習，自然説出一口流利德文。

簡易中文拼音法，懂中文就會說德語

　　充滿童話色彩的黑森林、夢幻般浪漫的古堡、富文藝氣息的海德堡、熱鬧繽紛的慕尼黑啤酒節，洋溢濃濃的異國風情，吸引各地觀光客前往一

遊。隨著中德兩地經貿往來的密切，也有不少到德國留學、遊學、洽公、商務的人士。能懂些基礎德語，觀光、經商、工作都能更便利。

本書分二部份
第一部是初學德語必備單字；第二部是初學德語基礎會話

　　第一部是初學德語必備單字，多背單字是初學德語的基本要求，單字懂越多，聽說讀寫能力才能突破，本書內容豐富活潑、簡單易學，是短時間＆高效率的最佳工具書，迅速強化德語的基礎。Part1有系統地將單字分門別類，收錄實用性強、出現頻率最高的2000精華單字。德文部分特加上拼音，懂中文就能開口說德語，易學易懂，可以馬上套用，看中文或拼音，就能立刻說德語，完全沒有學習的負擔，開口流利又道地，輕鬆學好德語。幫助讀者快速學習，達到溝通目的。

　　學語言最好是在當地的環境，學習效果最佳，如果沒有良好的學習環境，為了造福自學的讀者，本書特聘德籍專業老師，錄製道地的德語，請您多聽MP3內容、邊反覆練習，學習標準的發音和聲調，發揮最佳效果。錄音內容為中文唸一遍、德文唸兩遍，第一遍為正常速度、第二遍唸稍慢，以利讀者覆誦學習，有助你掌握實際的發音技巧，加強聽說能力，學好純正的德語。

　　不用上補習班，有此一書，搭配精質MP3學習，效果事半功倍，就好像請了一位免費的德語家教，是你自學德語的好幫手。請讀者注意錄音老師的唸法，跟著老師的發音，才能講出最標準的語調，反覆練習，自然說出一口純正的德語。

　　第二部是初學德語基礎會話，喜歡文學作品的你，應該看過歌德、海涅的作品囉！喜歡聽音樂的你，一定聽過貝多芬、舒曼、巴赫等音樂大

師的不朽巨作了！而在哲學上，康德的系列《批判》、黑格爾的大小《邏輯》，都是為人們所熟知的。德國實在是一個令人談不完的國家，它的每一個話題都會吸引著那麼多人的參與。

德國除了聖哲如雲、思潮繁榮之外，它美麗富饒，風光秀麗，有著無與倫比的旅遊勝地。他有一條充滿無限柔情的河流－萊茵河，河的兩岸山崗青翠蔥鬱，一座座古色古香的巍峨城堡點綴其中；而羅馬堡廣場中還留著古街道面貌，絕對值得一遊；至於，首都柏林的建築多采多姿，置身於其間，叫人感受到一種古典與現代、浪漫與嚴謹的奇特氛圍呢。還有各式各樣的神秘古堡及其美麗的傳說，將使每一位到過的遊客永生無法忘懷。

中國人常說：「擇日不如撞日」。但，德國人可是不做心血來潮的衝動事喔！他們做事有計畫，就連居家生活，德國人也嚴格按事先的計畫辦，哪天哪餐吃什麼菜，吃多少飯都有規定的呢！準確的真像個軍用地圖。瞭解了這一點，跟德國人交友就可以有點心理準備了吧！

德國資源雖然不豐富，但德國人勤奮、刻苦耐勞，最具科技才能。而自覺為民族的富強而努力，使德國成為世界上最富有、經濟最發達的國家之一；德國以聖哲如雲、思潮繁榮而著稱於世，就連世界盃足球賽上德國最引人注目的紅、黑、黃三色球衣，都讓千萬球迷瘋狂！

來吧！在欣賞德國旖旎風光的同時，也讓我們共同完成一次愉快的心靈之旅吧！

本書使用方法

[初學德語必備單字]

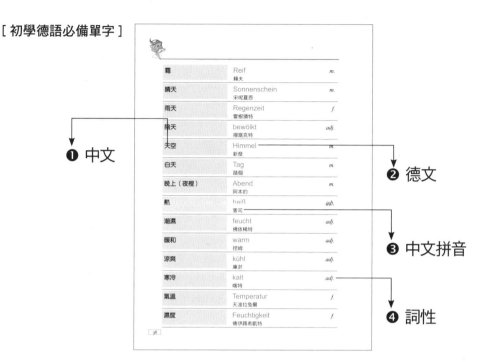

霜	Reif 鍾夫	m.
晴天	Sonnenschein 宋呢夏恩	m.
雨天	Regenzeit 雷根猜特	f.
陰天	bewölkt 撥窩克特	adj.
天空	Himmel 新壓	m.
白天	Tag 踏個	m.
晚上（夜裡）	Abend 阿本的	m.
熱	heiß 害司	adj.
潮濕	feucht 佛依稀特	adj.
暖和	warm 控姆	adj.
涼爽	kühl 庫淤	adj.
寒冷	kalt 嘎特	adj.
氣溫	Temperatur 天波拉兔爾	f.
濕度	Feuchtigkeit 佛伊踢希凱特	f.

❶ 中文　❷ 德文　❸ 中文拼音　❹ 詞性

[初學德語基礎會話]

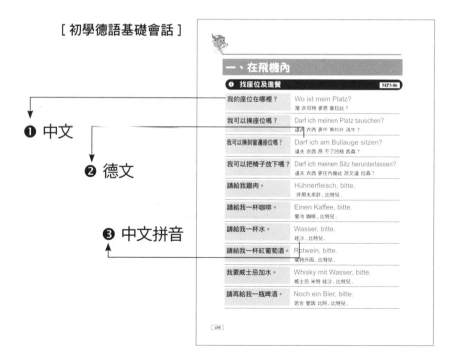

一、在飛機內

❶ 找座位及進餐　　　　　　　　MP3-86

我的座位在哪裡？	Wo ist mein Platz? 窩 衣司特 麥恩 普拉比？
我可以換座位嗎？	Darf ich meinen Platz tauschen? 達兒 衣西 麥任 普拉什 洮牛？
我可以換到窗邊座位嗎？	Darf ich am Bullauge sitzen? 達夫 衣西 昂 不了凹格 西森？
我可以把椅子放下嗎？	Darf ich meinen Sitz herunterlassen? 達夫 衣西 麥任內幾此 孩文達 拉森？
請給我雞肉。	Hühnerfleisch, bitte. 非那夫來許，比特兒。
請給我一杯咖啡。	Einen Kaffee, bitte. 愛冷 咖啡，比特兒。
請給我一杯水。	Wasser, bitte. 娃沙，比特兒。
請給我一杯紅葡萄酒。	Rotwein, bitte. 窩特外因，比特兒。
我要威士忌加水。	Whisky mit Wasser, bitte. 威士忌 米特 娃沙，比特兒。
請再給我一瓶啤酒。	Noch ein Bier, bitte. 若合 愛因 比阿，比特兒。

❶ 中文　❷ 德文　❸ 中文拼音

c o n t e n t s

第一部 初學德語必備單字

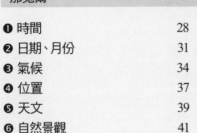

第二部 初學德語基礎會話

旅遊會話篇

生活會話篇

德語輕鬆入門

　　德語簡介　德語的詞性，可分為：名詞、代名詞、冠詞、形容詞、動詞、副詞、感嘆詞、連接詞、數詞和介系詞等，以下介紹較特殊的幾個詞類。

名詞

　　在德語的名詞中，依據性、格、數等的不同，而有不同的變化。例如：名詞的性，就分為陰性名詞、陽性名詞和中性名詞。依照名詞的作用，又可分為主格、直接受格、間接受格和所有格，而數方面，就分為單數名詞和複數名詞！

　　首先，我們該如何分辨這個單字是不是名詞呢？有一個很好辨認的方法，德語的名詞，不論它出現在句首、句中或句尾，只要是名詞，單字字首通通都要大寫。如果你看到字首大寫的單字，就可以輕易判斷它就是名詞。

　　知道它是名詞之後，怎麼區分它的屬性呢？這個也不難，由於德文每個名詞前面都需要有冠詞，而冠詞的屬性必須和接在後面的名詞相同，在德文中通常會利用「冠詞」的性，來區別名詞的各種屬性。

　　為了方便記憶，比如說：在陽性名詞之後，標示了陽性冠詞der；在陰性名詞之後，標示了陰性冠詞die，而中性的名詞就標示了中性冠詞das。在背單字時，請將它的冠詞一起學起來。

　　冠詞可分為，定冠詞：der（陽性），das（中性），die（陰性），以及不定冠詞：ein/kein（陽性），ein/kein（中性），eine/keine（陰性），看到名詞單字時，也要注意冠詞喔！

形容詞

　　德語的形容詞，如果出現在名詞前面，那麼這個形容詞會有字尾的變化。變化的時候，必須配合冠詞和名詞，做適當的改變。

　　另外，德語的形容詞也有分級數喔！比較級的形容詞字尾加er，最高級的形容詞字尾加st。

動詞

　　動詞的原形字尾是e或en，而動詞的時態和英語一樣，有：現在式、現在完成式、過去式、過去完成式、未來式以及未來完成式等六種時態。當動詞隨著主詞做變化時，可分為：強變化、弱變化等，強變化的動詞變化是不規則變化，而弱變化的動詞變化是規則變化。例如：

原形lernen（學習）搭配不同人稱時的弱變化：

ich （我）	du （你）	er,sie,es （他，她，它）	wir （我們）	ihr （你們）	siec （他們）
lerne	lernst	lernt	lernen	lernt	lernen

德語字母表

MP3-2

大寫	小寫	音標	拼音
A	a	〔a:〕	阿
B	b	〔be:〕	逼
C	c	〔tse:〕	七
D	d	〔de:〕	的
E	e	〔e:〕	一
F	f	〔ɛt:〕	唉大
G	g	〔ge:〕	機
H	h	〔ha:〕	哈
I	I	〔i:〕	一
J	j	〔jɔt:〕	幽特
K	k	〔ka:〕	卡
L	l	〔ɛl〕	唉路
M	m	〔ɛm〕	唉母
N	n	〔ɛn〕	恩
O	o	〔o:〕	歐
P	p	〔pe:〕	坏
Q	q	〔ku:〕	哭
R	r	〔ɛr〕	唉路
S	s	〔ɛs〕	唉斯
T	t	〔te:〕	貼
U	u	〔u:〕	烏
V	v	〔fau〕	發烏
W	w	〔ve:〕	微
X	x	〔iks〕	一克司
Y	y	〔´ypsilɔn〕	幽撲西龍
Z	z	〔tsɛt〕	塞特
	ß	〔´ɛstsɜ,〕	思塞特

略語表

m.	陽性名詞
f.	陰性名詞
n.	中性名詞
pl.	複數
Adv.	副詞
Adj.	形容詞
Konj.	連結詞
Interj.	感嘆詞
Pron.	代詞
Verb.(V.)	動詞
Präp.	介詞
Part.	虛詞
Zahlwort	數詞
Fragepronomen	疑問代名詞
Relavivpronomen	關係代名詞
poss pron.	物主代名詞
dem pron.	指示代名詞
pers pron.	人稱代名詞

第一部
初學德語必備單字

常用語篇
Umgangssprache
溫母鋼斯許怕賀

❶ 數字
Zahl
差爾

一	eins 埃恩斯
二	zwei 雌外
三	drei 的賴
四	vier 費爾
五	fünf 分淤夫
六	sechs 塞克斯
七	sieben 日本
八	acht 阿赫特
九	neun 諾衣
十	zehn 欠恩

二十	zwanzig 雌萬欺西
三十	dreißig 的賴攜西
四十	vierzig 費爾欺西
五十	fünfzig 分淤大欺西
六十	sechzig 塞克斯欺西
七十	siebzig 日伯欺西
八十	achtzig 阿赫特欺西
九十	neunzig 諾衣欺西
一百	hundert 婚德特
一千	tausend 濤森德
一萬	zehn tausend 欠恩 濤森德
千萬	zehn Millionen 欠恩 米哩歐呢
百萬	Million 米哩歐呢
一億	Milliarde 米理阿的

❷ 數量詞
Mengenbezeichnung
妹恩被猜悉農

MP3-4

一枝筆	ein Bleistift 埃 部賴需踢夫特
一支牙刷	eine Zahnbürste 埃呢 昌通淤斯特
一張紙	ein Blatt Papier 埃 部臘特 怕批爾
一張桌子	ein Tisch 埃 踢需
一本書	ein Buch 埃 部賀
一本筆記本	ein Heft 埃 黑夫特
一雙鞋子	ein Paar Schuhe 埃 怕爾 書爾
一雙襪子	ein Paar Socken 埃 怕爾 搜客
一個杯子	eine Tasse 埃呢 他色
一只雞蛋	ein Ei 埃 埃
一個蘋果	ein Apfel 埃 阿否
一串香蕉	ein Bund Bananen 埃 部恩的 巴那呢

一匹馬	ein Pferd 埃 費爾的
一條魚	ein Fisch 埃 費許
一頭狗	ein Hund 埃 混的
一隻鳥	ein Vogel 埃 否個

❸ 節慶
Festtag
費斯特踏個　　　　　　　　　　　　　　MP3-5

元旦（1月1日）	Neujahr　　　　　*n.* 嗕以壓爾
柏林影展（2月）	Berliner Film Festival 被林呢 費姆 費斯特佛
情人節（2月14日）	Valentinstag　　　*m.* 挖稜聽斯他個
狂歡節（復活節前的40天）	Fasching　　　　　*m.* 法興
耶穌受難日（復活節前的星期五）	Karfreitag　　　　*m.* 卡爾佛萊他個
復活節（3月底、4月初）	Ostern　　　　　　*n.* 歐斯騰
耶穌升天日（復活節後40天）	Christi Himmelfahrt *f.* 克利斯踢 西麼法特
聖靈降臨節（復活節後50天）	Pfingsten　　　　　*n.* 分斯騰

勞動節（5月1日）	Maifeiertag 買費爾他個	*m.*
母親節（5月的第二個禮拜）	Muttertag 幕特踏個	*m.*
父親節（8月8日）	Vatertag 發特踏個	*m.*
德國統一日（德國國慶，10月3日）	Deutscher Einheitstag 鬥以缺爾 埃亥斯他個	*m.*
慕逆黑啤酒節（9月底－10月初）	Oktoberfest 歐克偷伯費斯特	*n.*
萬聖節（11月1日）	Allerheiligen 阿了爾海哩根	*n.*
聖誕節（12月25日）	Weihnachten 外納赫騰	*n.*

❹ 國家
Länder
連的爾

MP3-6

德國	Deutschland 鬥以曲藍的
法國	Frankreich 法克萊西
西班牙	Spanien 許怕念
葡萄牙	Portugal 波禿嘎
意大利	Italien 以它連

瑞士	Schweiz	f.
	許外雌	
荷蘭	Niederlande	pl.
	逆德爾蘭的	
比利時	Belgien	
	被爾金	
瑞典	Schweden	
	需威登	
丹麥	Dänemark	
	點呢馬爾克	
美國	USA	pl.
	屋 耶斯阿	
加拿大	Kanada	
	咖那搭	
台灣	Taiwan	
	台灣	
越南	Vietnam	
	威特納姆	
印逆	Indonesien	
	因兜內西恩	
泰國	Thailand	
	泰蘭的	
馬來西亞	Malaysia	
	媽勒西阿	
新加坡	Singapur	
	新嘎撲爾	
中國	China	
	吸納	

日本	Japan 押盤	
韓國	Korea 摳瑞阿	
香港	Hong Kong 轟空	
澳門	Macau 媽靠	
印度	Indien 因點	
蘇俄	Russland 入斯蘭	
澳洲	Australien 凹司擦連	
巴西	Brasilien 布拉西連	
墨西哥	Mexiko 妹西摳	

⑤ 疑問詞
Fragewort
福拉個沃爾特

MP3-7

什麼？	was 挖思	*Fragepronomen*
為什麼？	warum 挖鬧	*adv.*
怎樣？	wie 威	*adv.*

哪一個？	welch 威些	*Fragepronomen*
哪一位？	wer? 威爾	*Relavivpronomen*
什麼時候？	wann 萬	*adv.*
幾點鐘？	um wieviel Uhr 温 威費爾 屋爾	
在哪裡？（何處?）	Wo? 窩	*adv.*
哪些？	welch 威些	*Fragepronomen*
多少？	wieviel 威費爾	*adv.*
多少個？	wieviel Stück 威費爾 需踢客	
多少錢？	wieviel Geld? 威費爾 給爾的	
要不要？	Brauchen Sie? 部撈亨 日	
想不想？	Wollen Sie? 窩稜 日	
好不好？	Geht das? 給特 打思	
多遠？	wie weit 威 外特	
多久？	wie lang 威 朗恩	

這是什麼？	Was ist das? 挖思 伊斯特 打思	
那是什麼？	Was ist das? 挖思 伊斯特 打思	
哪個車站？	Welcher Bahnhof? 威些爾 班後夫	

❻ 代名詞
Pronomen
普洛諾們

MP3-8

你	du 杜	*pron.*
我	ich 以西	*pron.*
他	er 耶爾	*pron.*
她	sie 日	*pron.*
你們	ihr 以爾	*pron.*
我們	wir 威爾	*pron.*
他們	sie 日	*pron.*
你的	dein 帶恩	*poss pron.*
我的	mein 買恩	*poss pron.*

他的	sein 塞恩	*poss pron.*
這個	dieser 地色爾	*dem pron.*
這裡	hier 希爾	*adv.*
這些	diese 地色	*dem pron.*
那些	jene 耶呢	*dem pron.*
那個	jener 耶呢爾	*dem pron.*
那裡	da 搭	*adv.*

❼ 行動
Handlungen
漢的隆恩

出去	ausgehen 凹思給恩	*v.*
回來	zurückkommen 促率客空們	*v.*
吃飯	essen 耶森	*v.*
吃早餐	frühstücken 費淤需督淤肯	*v.*
吃午餐	zu Mittag essen 促　米塔個　耶森	

吃晚餐	zu Abend essen 促　阿本的　耶森	
吃點心	Süßigkeiten essen 日淤思希凱藤 耶森	
喝水	Wasser trinken 挖色爾 特林肯	
烹飪	kochen 口亨	*v.*
買菜	Gemüse einkaufen 個幕淤塞 埃考分	
洗菜	Gemüse waschen 個幕淤塞 挖萱	
帶小孩	ein Kind pflegen 埃 親的 飛雷跟	
睡覺	schlafen 需拉分	*v.*
休息	eine Pause machen 埃呢 拋色 媽亨	
散步	spazieren gehen 需怕欺恩 給恩	*v.*
旅遊	Tourismus 禿瑞斯幕斯	*m.*
度假	Urlaub machen 屋爾撈撥 媽亨	
坐下	sich hinsetzen 日希 新塞稱	*v.*
站立	aufstehen 凹夫需貼恩	*v.*

穿戴	tragen 特拉跟	*v.*
開門	die Tür öffnen 地 踢淤爾 淤夫呢	
關門	die Tür abschließen 地 踢淤爾 阿撥需哩森	
上樓	die Treppe hinaufgehen 地 特瑞波 新凹夫給恩	
下樓	die Treppe hinabgehen 地 特瑞波 新阿伯給恩	
開車	fahren 發恩	*v.*
騎車（腳踏車）	Fahrrad fahren 發拉的 發恩	
工作	Arbeit 阿百特	*f.*
製做	herstellen 黑爾需貼稜	*v.*
種植	pflanzen 法朗稱	*v.*
販賣	verkaufen 費爾考分	*v.*
購物	einkaufen 埃考分	*v.*
交換	austauschen 凹思濤萱	*v.*
借用	verleihen 費爾賴恩	*v.*

上學	zur Schule gehen	
	促爾 書了 給恩	

閱讀	lesen	*v.*
	勒森	

寫字	schreiben	*v.*
	需賴本	

做功課	Hausaufgaben machen	
	號思凹夫嘎本 媽亨	

說話	sprechen	*v.*
	需沛萱	

會面	begegnen	*v.*
	撥給跟呢	

等待	warten	*v.*
	瓦藤	

PART 2

大自然篇
Natur
那兔爾

❶ 時間
Zeit
猜特

MP3-10

一點	ein Uhr
	埃 屋爾

兩點	zwei Uhr
	雌外 屋爾

三點	drei Uhr
	的外 屋爾

四點	vier Uhr
	費爾 屋爾

五點	fünf Uhr
	份淤夫 屋爾

六點	sechs Uhr
	塞克斯 屋爾

七點	sieben Uhr
	日本 屋爾

八點	acht Uhr
	阿赫特 屋爾

九點	neun Uhr
	嗯伊恩 屋爾

十點	zehn Uhr
	千 屋爾

十一點	elf Uhr
	耶爾夫 屋爾

十二點	zwölf Uhr
	雌臥夫 屋爾

十點半	halb elf
	哈撥 耶爾夫

六點十五分	Viertel nach sechs
	費爾特 那賀 塞克斯

一個小時	eine Stunde
	埃呢 需敦的

半個小時	halbe Stunde
	哈撥 需敦的

五分鐘	fünf Minuten	
	分淤夫 米努藤	
十五分鐘	fünfzehn Minuten	
	分淤夫千 米努藤	
差五分鐘到五點	fünf vor fünf	
	分淤夫 否 分淤夫	
差十五分鐘到兩點	Viertel vor zwei	
	費爾特 否 雌外	
時	Stunde	*f.*
	需敦的	
分	Minute	*f.*
	米努藤	
秒	Sekunde	*f.*
	塞坤的	
刻	Viertel	*n.*
	費爾特	
今天	heute	*adv.*
	侯伊特	
明天	morgen	*adv.*
	摸爾跟	
昨天	gestern	*adv.*
	給思藤	
前天	vorgestern	*adv.*
	否給思藤	
後天	übermorgen	*adv.*
	淤撥摸爾跟	
每天	jeden Tag	*adv.*
	耶燈 踏個	

早上	morgens 摸爾跟思	adv.
中午	mittags 米他個思	adv.
下午	nachmittags 那賀米他個思	adv.
晚上	abends 阿本雌	adv.
傍晚	gegen Abend 給跟 阿本的	adv.
過去	in der Vergangenheit 因 逮爾 費爾鋼恩海特	
現在	jetzt 耶雌特	adv.
未來	in Zukunft 因 促崑夫特	

❷ 日期、月份
Datum, Monat
大吞姆、摸那特

MP3-11

西元紀年	Zeitrechnung 猜特瑞希農	f.
一月	Januar 壓努爾	m.
二月	Februar 費部阿爾	m.
三月	März 妹爾雌	m.

四月	April 阿普利	*m.*
五月	Mai 麥	*m.*
六月	Juni 尤你	*m.*
七月	Juli 尤立	*m.*
八月	August 奧古斯特	*m.*
九月	September 塞普天姆被爾	*m.*
十月	Oktober 歐克頭被爾	*m.*
十一月	November 挪溫姆被爾	*m.*
十二月	Dezember 地欠恩姆被爾	*m.*
一月一日	der erste Januar 逮爾 耶爾斯特 壓努爾	
三月十五日	der fünfzehnte März 逮爾 份淤夫欠特　妹爾雌	
星期一	Montag 蒙他個	*m.*
星期二	Dienstag 丁斯它個	*m.*
星期三	Mittwoch 米特窩赫	*m.*

星期四	Donnerstag 東呢斯它個	*m.*
星期五	Freitag 浮萊他個	*m.*
星期六	Samstag 薩姆斯它個	*m.*
星期日	Sonntag 宋仲個	*m.*
週末	Wochenende 窩亨恩德	*m.*
假日	Feiertag 費爾它個	*m.*
平日	Wochentag 窩亨他個	*m.*
這星期	disese Woche 地色 窩喝	
上星期	letzte Woche 雷斯特 窩喝	
下星期	nächste Woche 內需特 窩喝	
這個月	dieser Monat 地色爾 摸那特	
上個月	voriger Monat 否力哥爾 摸那特	
下個月	nächster Monat 內需特爾 摸那特	
今年	dieses Jahr 地色思 押爾	

去年	voriges Jahr	
	否力哥斯 押爾	
明年	nächstes Jahr	
	內需特斯 押爾	
年初	Jahresanfang	*m.*
	押爾斯安芳	
年中	Jahresmitte	*f.*
	押爾斯米特	
年底	Jahresende	*n.*
	押爾恩的	

❸ 氣候
Klima
克利馬

MP3-12

春季	Frühling	*m.*
	浮於零	
夏季	Sommer	*m.*
	宋麼爾	
秋季	Herbst	*m.*
	赫爾被斯特	
冬季	Winter	*m.*
	溫特爾	
乾季	Trockenzeit	*f.*
	特洛肯猜特	
雨季	Regenzeit	*f.*
	雷根猜特	
彩虹	Regenbogen	*m.*
	雷根波根	

閃電	Blitz 布利雌	m.
打雷	Donner 東呢	m.
雲	Wolke 窩克	f.
烏雲	dunkle Wolke 敦容了窩克	f.
風	Wind 溫的	m.
颶風	Windwehen 溫德威恩	n.
颱風	Taifun 颱風	m.
龍捲風	Tornado 偷那都	m.
霧	Nebel 內被	m.
起霧	Es nebelt. 耶斯 內被特	
雨	Regen 雷根	m.
小雨	leichter Regen 來西特爾 雷根	m.
大雨	starker Regen 需踏客爾 雷根	m.
下雪	Es schneit. 耶斯 許耐特	

霜	Reif 賴夫	*m.*
晴天	Sonnenschein 宋呢夏恩	*m.*
雨天	Regenzeit 雷根猜特	*f.*
陰天	bewölkt 撥窩克特	*adj.*
天空	Himmel 新麼	*m.*
白天	Tag 踏個	*m.*
晚上（夜裡）	Abend 阿本的	*m.*
熱	heiß 害司	*adj.*
潮濕	feucht 佛依稀特	*adj.*
暖和	warm 挖姆	*adj.*
涼爽	kühl 庫淤	*adj.*
寒冷	kalt 喀特	*adj.*
氣溫	Temperatur 天波拉兔爾	*f.*
濕度	Feuchtigkeit 佛伊踢希凱特	*f.*

天氣預報	Wettervorhersage	f.
	威特佛黑爾撒個	
高溫	Höchsttemperatur	f.
	侯淤希斯特天波拉兔爾	
低溫	Tiefsttemperatur	f.
	踢夫斯特天波拉兔爾	
氣壓	Atmosphärendruck	m.
	阿特麼思費恩度路客	

❹ 位置
Position
波日瓊

MP3-13

前	vorn	adv.
	否恩	
後	hinten	adv.
	新藤	
上	oben	adv.
	歐本	
下	unten	adv.
	溫藤	
右	rechts	adv.
	雷希雌	
左	links	adv.
	吝克斯	
中間	mitten	adv.
	米藤	
外面	draußen	adv.
	的撈森	

旁邊	daneben 打內本	*adv.*
對面	gegenüber 給跟淤撥爾	*präp.*
側面	Seite 塞特	*f.*
隔壁	nebenan 內本安	*adv.*
這裡	hier 希爾	*adv.*
那裡	dort 鬥特	*adv.*
這邊	hier 希爾	*adv.*
那邊	dort 鬥特	*adv.*
東邊	Osten 歐斯藤	*m.*
西邊	Westen 威斯藤	*m.*
南邊	Süden 思淤燈	*m.*
北邊	Norden 嗕燈	*m.*

❺ 天文
Astronomie
阿斯托諾密

宇宙	Universum 屋你佛速姆	*n.*
地球	Erde 耶爾的	*f.*
月球	Mond 夢的	*m.*
太陽	Sonne 宋呢	*f.*
銀河	Galaxis 嘎拉克希斯	*f.*
行星	Planet 撲蘭內特	*m.*
星星	Stern 需天恩	*m.*
流星	Meteor 妹貼歐	*n.*
慧星	Komet 摳妹特	*m.*
日蝕	Sonnenfinsternis 松呢分斯特逆思	*f.*
月蝕	Mondfinsternis 夢的分斯特逆思	*f.*
大氣層	Atmosphäre 阿特麼思費爾	*f.*

赤道	Äquator 耶庫阿偷	*m.*
北極	Nordpol 嗯的剖	*m.*
南極	Südpol 速淤的剖	*m.*
太空	Weltall 委特阿爾	*n.*
太空船	Weltraumschiff 委特烙姆需夫	*n.*
衛星	Satellit 薩特例特	*m.*
水瓶座	Wassermann 挖色曼	*m.*
雙魚座	Fische 費薛	*pl.*
牡羊座	Widder 威的爾	*m.*
金牛座	Stier 需踢爾	*m.*
雙子座	Zwillinge 雌威林個	*pl.*
巨蟹座	Krebs 客類伯思	*m.*
獅子座	Löwe 呂否	*m.*
處女座	Jungfrau 庸夫勞	*f.*

天秤座	Waage 挖哥	*f.*
天蠍座	Skorpion 需摳批歐恩	*m.*
射手座	Schütze 需車	*m.*
摩羯座	Steinbock 需胎撥客	*m.*

❻ 自然景觀
Naturlandschaft
那兔爾蘭的夏夫特

MP3-15

山	Gebirge 個逼爾哥	*n.*
山頂	Bergspitze 貝爾個需批車	*f.*
山谷	Gebirgstal 個逼爾哥斯他	*n.*
山洞	Höhle 呼淤了	*f.*
平原	Ebene 耶本呢	*f.*
葡萄園	Weingarten 歪恩嘎藤	*m.*
麥田	Weizenfeld 威稱費爾的	*n.*
盆地	Becken 貝肯	*n.*

海	Meer 妹爾	*n.*
海浪	Welle 威了	*f.*
河流	Fluß 夫鷥鷥	*m.*
湖	See 色	*m.*
溫泉	Thermalquelle 貼爾瑪庫威了	*f.*
瀑布	Wasserfall 挖色法	*m.*
島	Insel 音色	*f.*
池塘	Teich 太希	*m.*
沙漠	Wüste 窩淤斯特	*f.*
綠洲	Oase 歐阿色	*f.*
沼澤	Sumpf 速姆夫	*m.*

❼ 植物
Pflanze
夫蘭車

MP3-16

玫瑰	Rose 肉色	*f.*

百合	Lilie 哩李	*f.*
水仙	Narzisse 那爾欺色	*f.*
蘭花	Orchidee 歐希逮	*f.*
薰衣草	Lavendel 拉溫的	*m.*
向日葵	Sonnenblume 宋呢布魯們	*f.*
鬱金香	Tulpe 禿爾波	*f.*
鳶尾花	Iris 伊莉絲	*f.*
康乃馨	Nelke 內爾克	*f.*
天竺葵	Pelargonie 沛拉勾逆	*f.*
雛菊	Gänselblümchen 乾色爾部淤們萱	*n.*
罌粟花	Mohn 夢恩	*m.*
風信子	Hyazinthe 孩阿親貼	*f.*
大波斯菊	Kosmee 摳思妹	*f.*
茉莉	Jasmin 亞斯民	*m.*

荷花	Lotos 攏偷思	*m.*
長春藤	Efeu 耶佛伊	*m.*
含羞草	Mimose 米謀色	*f.*
蘆薈	Aloe 阿攏耶	*f.*
橄欖樹	Olivenbaum 歐哩分包姆	*m.*
菩提樹	Linde 林的	*f.*
松樹	Kiefer 欺否爾	*f.*
椰子樹	Kokospalme 摳摳斯帕們	*f.*
棕櫚樹	Palme 帕們	*f.*
梧桐樹	Platane 舖拉他呢	*f.*
竹子	Bambus 班姆不思	*m.*
仙人掌	Kaktus 咖客土思	*m.*
小麥	Weizen 外稱	*m.*
花	Blume 部嚕們	*f.*

開花	Blüte 步履特	*f.*
葉子	Blatt 布拉特	*n.*
樹木	Baum 包姆	*m.*
樹葉	Blatt 布拉特	*n*
樹枝	Zweige 雌外個	*pl.*
果實	Frucht 浮賀特	*f.*
松果	Piniennuss 批你恩怒思	*f.*
種子	Samen 薩們	*m.*
草	Gras 個拉斯	*m.*
盆景	Ziertopflandschaft 欺爾偷夫蘭的下夫特	*f.*

❽ 動物
Tier
踢爾

MP3-17

狗	Hund 混的	*m.*
貓	Katze 咖車	*f.*

兔子	Kaninchen 卡你先	*n.*
馬	Pferd 費爾的	*n.*
驢	Esel 耶色爾	*m.*
鹿	Hirsch 希爾需	*m.*
狐狸	Fuchs 復克斯	*m.*
狼	Wolf 窩夫	*m.*
獅子	Löwe 呂否	*m.*
老虎	Tiger 踢個爾	*m.*
大象	Elefant 耶了放特	*m.*
熊	Bär 貝爾	*m.*
猴子	Affe 阿否	*m.*
雞	Hahn 漢恩	*m.*
鴨	Ente 恩特	*f.*
鵝	Gans 乾思	*f.*

火雞	Truthahn	*m.*
	禿特漢恩	
貓頭鷹	Eule	*m.*
	歐伊了	
孔雀	Pfau	*m.*
	夫勞	
天鵝	Schwan	*f.*
	需萬	
麻雀	Spatz	*f.*
	需怕雌	
燕子	Schwalbe	*f.*
	需挖伯	
鴿子	Taube	*m.*
	濤伯	
海鷗	Möwe	*f.*
	幕淤佛	
老鷹	Adler	*n.*
	阿的樂	
烏鴉	Krähe	*f.*
	客勒痾	
松鼠	Eichhörnchen	*f.*
	埃西侯淤萱	
蝙蝠	Fledermaus	*f.*
	費爾的貿思	
烏龜	Schildkröte	*f.*
	需的摳伊特	
老鼠	Maus	*f.*
	茂思	

海豚	Delphin	*m.*
	逮爾分	
鯨魚	Wal	*m.*
	窩	
蛇	Schlange	*f.*
	需朗個	

❾ 昆蟲
Insekt
音色克特

MP3-18

蝴蝶	Schmetterling	*m.*
	需妹特玲	
蜜蜂	Biene	*f.*
	逼呢	
蚊子	Moskito	*m.*
	摸思七偷	
蒼蠅	Fliege	*f.*
	夫哩個	
蟑螂	Kakerlake	*f.*
	咖克拉克	
蚱蜢	Heuschrecke	*f.*
	侯伊薛客	
蟋蟀	Grille	*f.*
	個哩樂	
螞蟻	Ameise	*f.*
	阿賣色	
蜘蛛	Spinne	*f.*
	需批呢	

⑩ 顏色
Farbe
法爾伯

MP3-19

黑色	schwarz 需挖雌	adj.
白色	weiß 外黑	adj.
紅色	rot 洛特	adj.
藍色	blau 部烙	adj.
黃色	gelb 給爾伯	adj.
粉紅色	rosarot 洛薩洛特	adj.
橘色	orange 歐濫居	adj.
綠色	grün 個率恩	adj.
紫色	lila 哩拉	adj.
咖啡色	braun 部烙恩	adj.

PART 3

問候篇
Begrüßung
背葛綠松

| ❶ 寒喧 |
| Grüße |
| 萬綠色 |

你好	Guten Tag.
	辜騰 他個
你好嗎？	Wie geht's dir?
	威 給雌 地爾
大家好	Guten Tag, alle zusammen
	辜騰 他個 阿了 促薩門
早安	Guten Morgen.
	辜騰 摸跟
午安	Guten Tag.
	辜騰 他個
晚安	Guten Abend.
	辜騰 阿本
最近	in der letzten Zeit
	因 逮爾 雷雌騰 猜特
好久不見	Lange nicht gesehen
	朗個 逆西特 個塞恩
不錯	Nicht schlecht!
	逆西特 許雷希特
身體狀況	Körperzustand *m.*
	庫淤破促許當的

健康	Gesundheit	*f.*
	個孫的害特	

生病	erkranken	*v.*
	耶爾框肯	

精神好	energisch	*adj.*
	恩呢機許	

精神差（無精打采）	energielos	*adj*
	恩呢機漏思	

好忙	beschäftigt	*adj.*
	被薛夫踢個特	

很累	müde	*adj.*
	幕淤的	

有空	frei	*adj.*
	夫賴	

沒空	nicht frei	*adj.*
	逆西特 夫賴	

❷ 介紹
Vorstellung
佛需貼隆

MP3-21

我	ich	*pers pron.*
	依稀	

你	du	*pers pron.*
	度	

他	er	*pers pron.*
	耶爾	

我們	wir	*pers pron.*
	威爾	

你們	ihr	*pers pron.*
	衣爾	

他們	sie	*pers pron.*
	日	

名字	Name	*m.*
	那們	

這位	diese	*dem pron.*
	地色	

貴姓	Wie ist Ihr Name?	
	威 伊斯特 伊爾 那們	

朋友	Freund	*m.*
	佛衣的	

男朋友	Freund	*m.*
	佛衣的	

女朋友	Freundin	*f.*
	佛衣丁	

男性	männlich	*adj.*
	妹哩希	

女性	weiblich	*adj.*
	歪撥哩希	

老師	Lehrer	*m.*
	勒爾	

同事	Kollege	*m.*
	摳雷個	

關照	Bemühungen	*pl.*
	被幕淤翁恩	

指教	Ratschläge oder Kommentare geben	
	拉特需勒個 歐的 空妹他爾 給本	

❸ 請求、拜託
Bitten, Erbitten
逼騰、耶爾逼騰

MP3-22

| 請問 | Darf ich mal fragen? |
| | 搭夫 依稀 嗎 夫拉跟 |

| 可不可以 | können *v.* |
| | 空淤呢 |

| 幫忙 | helfen *v.* |
| | 黑爾芬 |

| 幫我 | Tu mir einen Gefallen! |
| | 禿 米爾 埃呢 哥法稜 |

| 不好意思 | Es tut mir leid. |
| | 耶思 兔特 米爾 賴的 |

| 請 | bitten *v.* |
| | 逼騰 |

| 不客氣 | Keine Ursache! |
| | 凱呢 屋爾薩喝 |

| 借過一下 | Darf ich mal vorbei? |
| | 搭夫 依稀 嗎 佛拜 |

| 麻煩你了 | Entschuldigen Sie meine Störung. |
| | 恩特修低跟 日 買呢 需督淤翁 |

| 拜託你了 | Diese Sache überlasse ich dir. |
| | 低色 薩賀 淤伯拉色 依稀 地爾 |

MP3-23

謝謝	Danke schön. 當客 遜	
禮物	Geschenk 個萱客	*n.*
請笑納	mit der Bitte um freundliche Entgegennahme 米特 逮爾 逼特 溫姆 佛醫德哩些 恩特給跟那們	
約會	Verabredung 費爾阿伯瑞東	*f.*
吃飯	Essen 耶森	*n.*
看電影	ins Kino gehen 因思 踢嗬 給恩	
聊天	sich unterhalten 日希 溫特哈騰	*v.*
逛街	bummeln 部們	*v.*
購物	einkaufen 埃考分	*v.*

MP3-24

| 可以 | können
崑淤呢 | *v.* |

| 不可以 | nicht können | *v.* |
| | 逆希特 崑淤呢 | |

| 不准 | nicht erlauben | *v.* |
| | 逆希特 耶爾撈本 | |

| 不好 | nicht gut | *adj.* |
| | 逆希特 故特 | |

| 不可能 | unmöglich | *adj.* |
| | 溫麼淤個哩希 | |

| 怎麼可以 | Wie können? | |
| | 威 崑淤呢 日 | |

| 都可以 | alle können | *v.* |
| | 阿了 崑淤呢 | |

| 請問 | Darf ich mal fragen? | |
| | 搭夫 依稀 媽 夫拉跟 | |

| 等一下 | Warten Sie bitte einen Moment! | |
| | 挖騰 日 逼特 埃呢 摸妹特 | |

| 安靜一點 | Sei ruhig! | |
| | 塞 入伊希 | |

| 喜歡 | mögen | *v.* |
| | 摸淤跟 | |

| 不喜歡 | nicht mögen | *v.* |
| | 逆希特 摸淤跟 | |

PART 4

家庭篇
Familie
發米李

❶ 室內格局
Wohnungseinrichtungen
窩農思埃瑞希通恩

單人房	Einzelzimmer 埃車親們爾	n.
雙人房	Doppelzimmer 都剖親們爾	n.
套房	Apartment 阿帕特們特	n.
客廳	Wohnzimmer 窩親們爾	n.
廚房	Küche 庫淤些	f.
房間	Zimmer 親們爾	n.
睡房（臥室）	Schlafzimmer 許拉夫親們爾	n.
主人房	Herrenzimmer 黑恩親們爾	n.
客房	Gästezimmer 給思特親們爾	n.
書房	Studierstube 需督地爾許督伯	f.

洗手間	Wäschezimmer	*f.*
	威薛親們爾	
陽台	Balkon	*m.*
	巴空	
庭院	Hof	*m.*
	後夫	
花園	Garten	*m.*
	嘎騰	
地下室	Keller	*m.*
	凱了爾	
樓梯	Treppe	*f.*
	特瑞波	
電梯	Fahrstuhl	*m.*
	發需禿爾	
儲藏室	Vorratskammer	*f.*
	佛拉雌咖們爾	
車庫	Garage	*f.*
	嘎拉居	
酒窖	Weinkeller	*m.*
	外恩凱了	
閣樓	Dachstube	*f.*
	搭賀需督伯	
煙囪	Schornstein	*m.*
	熊需坦恩	
火爐	Ofen	*m.*
	歐分	
門	Tür	*f.*
	踢淤爾	

窗戶	Fenster 分斯特爾	*n.*
天花板	Decke 逮客	*f.*
屋頂	Dach 大賀	*n.*
浴缸	Badewanne 巴的灣呢	*f.*
馬桶	Klosett 摳色特	*n.*

❷ 家居用品
Haushaltsartikel
號思哈雌阿踢客

MP3-26

沙發	Sofa 搜發	*n.*
椅子	Stuhl 需禿爾	*m.*
折疊椅	Klappstuhl 咖波需禿爾	*m.*
躺椅	Liegestuhl 哩個需禿爾	*n.*
坐墊	Sitzkissen 日雌欺森	*m.*
書桌	Schreibtisch 需來伯踢許	*m.*
書櫃	Bücherschrank 部淤薛需亂客	*m.*

書架	Bücherregal	*n.*
	部淤薛瑞嘎	

電腦桌	Computertisch	*m.*
	空撲特爾踢許	

穿衣鏡	Standspiegel	*m.*
	許蕩的需批哥	

梳妝台	Frisiertisch	*m.*
	費口爾踢許	

窗廉	Vorhang	*m.*
	否航	

花瓶	Vase	*f.*
	挖色	

地毯	Teppich	*m.*
	貼批許	

牆壁	Wand	*f.*
	萬的	

壁紙	Wandpapier	*f.*
	萬的帕批爾	

海報	Plakat	*n.*
	普拉咖特	

畫框	Bilderrahmen	*m.*
	逼的爾拉們	

單人床	Einzelbett	*n.*
	埃車被特	

雙人床	Doppelbett	*n.*
	都波被特	

彈簧床	Sprungfedermatratze	*f.*
	許撲費的馬他車	

雙層床	Stockbett	*n.*
	許透客被特	
嬰兒床	Kinderbett	*n.*
	金的被特	
棉被	Baumwollsteppdecke	*f.*
	包姆窩了許貼波逮客	
涼被	Decke	*f.*
	逮客	
蠶絲被	Seidendecke	*f.*
	塞燈逮客	
毛毯	Wolldecke	*f.*
	窩逮客	
草蓆	Matte	*f.*
	媽特	
竹蓆	Bambusmatte	*f.*
	頒布思媽特	
床單	Betttuch	*n.*
	貝特兔賀	
枕頭	Kopfkissen	*n.*
	摳夫欺森	
抱枕	Sofakissen	*n.*
	搜髮欺森	
水龍頭	Wasserhahn	*m.*
	挖色爾漢	
鬧鐘	Wecker	*n.*
	威克爾	
碗櫃	Küchenschrank	*m.*
	庫淤萱需亂客	

鞋架	Schuhregal 書瑞嘎	*n.*
衣架	Kleiderbügel 客賴得不淤個	*m.*
煙灰缸	Aschenbecher 阿萱杯些爾	*m.*
垃圾桶	Mülltonne 幕淤爾偷呢	*f.*
收納箱	Aufnahmekasten 凹夫納們咖思騰	*m.*

❸ 餐具用品
Besteckartikel
倍需貼客阿踢客

MP3-27

飯碗	Schüssel 需色	*f.*
湯碗	Schale 蝦了	*f.*
盤子	Platte 撲拉特	*f.*
碟子	Teller 貼了	*m.*
筷子	Stäbchen 許貼伯勳	*n.*
免洗筷子	Einwegstäbchen 埃威個許貼伯勳	*n.*
叉子	Gabel 嘎伯	*f.*

刀子	Messer 妹色	*n.*
湯匙	Löffel 呂佛	*m.*
炒菜鍋	Kochtopf 摳赫偷夫	*m.*
鍋鏟	Kochlöffel 摳赫呂佛	*m.*
砧板	Hackbrett 哈克部雷特	*n.*
菜刀	Messer 妹色	*n.*
茶壺	Teekanne 貼咖呢	*f.*
杯子	Becher 杯些爾	*m.*
茶杯	Teetasse 貼他色	*f.*
馬克杯	Markbecher 馬克杯些爾	*m.*
酒杯	Weinglas 外恩個拉斯	*n.*
玻璃杯	Glas 個拉斯	*n.*
骨磁杯	Prozellantasse 波猜濫他色	*f.*
紙杯	Papierbecher 怕批爾杯些爾	*m.*

餐桌	Esstisch 耶思踢許	*m.*
碗櫃	Geschirrschrank 個需爾許亂客	*m.*
餐墊	Tischdecke 踢許逮客	*f.*
餐巾	Serviette 色威耶特	*f.*
桌巾	Tischtuch 踢許兔賀	*n.*
餐巾紙	Serviettepapier 色威耶特怕批爾	*n.*
保鮮膜	Frischhaltebeutel 費許哈特撥伊特	*m.*
塑膠袋	Plastikbeutel 撲拉斯踢克撥伊特	*m.*

❹ 電器用品
Elektroartikel
耶雷托阿踢客

MP3-28

電視機	Fernsehen 撫養色恩	*n.*
冰箱	Kühlschrank 庫淤需亂客	*m.*
洗衣機	Waschmaschine 挖許馬需呢	*f.*
烘衣機	Trockenmaschine 偷肯馬需呢	*f.*

電熱水器	elektrisches Heißwassergerät	n.
	ㄟ雷踢薛思 海斯瓦色爾個瑞特	
冷氣機	Klimaanlage	f.
	客哩馬鞍拉個	
錄影機	Videorecorder	n.
	威地歐瑞摳的爾	
音響	Audioanlage	n.
	凹地歐安拉哥	
收音機	Radio	m.
	拉地歐	
錄音機	Tonaufnahmegerät	m.
	通凹夫納們個瑞特	
隨身聽	Walkman	m.
	窩客面	
電風扇	Ventilator	m.
	溫踢拉透	
吊扇	Deckenventilator	m.
	逮肯溫踢拉透	
立扇	Stehventilator	m.
	需貼溫踢拉透	
電話機	Telefongerät	n.
	貼了峰個瑞特	
答錄機	Anrufbeantworter	m.
	安入夫被安特窩特爾	
電燈	Lampe	f.
	濫波	
抽油煙機	Dunstabzugshaube	f.
	敦斯特阿伯促個思豪伯	

瓦斯爐	Gasherd 嘎思黑爾的	*m.*
微波爐	Mikrowelle 米摳威稜黑爾的	*f.*
烤箱	Backofen 巴克歐分	*m.*
烤麵包機	Toaster 偷斯特	*f.*
電子鍋	elektrischer Kochtopf 耶雷踢薛爾 摳赫偷夫	*m.*
燜燒鍋	Schnellkochtopf 許內摳夫偷夫	*m.*
熱水壺	Heißwasserkanne 害思挖色咖呢	*f.*
果汁機	Entsafter 恩特薩夫特	*m.*
咖啡機	Kaffeemaschine 咖費媽需呢	*f.*
除濕機	Entfeuchter 恩特否依稀特爾	*m.*
空氣清淨機	Luftreiniger 路夫特賴逆個爾	*m.*
暖爐	Heizung 咳衝	*f.*
吹風機	Fön 峰淤	*m.*
吸塵器	Staubsauger 需濤伯艘個爾	*m.*

| 照相機 | Photoapparat
否偷阿帕臘特 | *m.* |
| 數位相機 | Digitalkamera
地基偷咖馬拉 | *f.* |

⑤ 電器配件
elektrische Ausstattung
耶雷踢雪 凹思許他同 MP3-29

插頭	Stecker 許貼克爾	*m.*
插座	Steckdose 許貼克兜色	*f.*
電線	Draht 搭拉特	*m.*
電池	Batterie 巴特例	*f.*
開關	Schalter 下特爾	*m.*
卡帶	Kassette 咖色特	*f.*
分機	Durchwahl 督需挖	*f.*
充電器	Ladegerät 拉的個瑞特	*m.*
遙控器	Fernbedienung 番恩伯丁農	*f.*
使用說明書	Gebrauchsanweisung 個不勞赫斯安外松	*m.*

喇叭	Lautsprecher	m.
	勞特許配些爾	
耳機	Kopfhörer	m.
	摳夫侯淤爾	
電話分機	Telefonanschluss	m.
	貼了峰安許鷺鷥	
對講機	Gegensprechanlage	f.
	給跟許佩希安拉哥	
無線電話	drahtloses Telefon	n.
	的拉特摟色思 貼了峰	
有線電話	Drahttelefon	n.
	的拉特貼了峰	
電話筒	Megaphon	n.
	妹嘎峰	

❻ 做家事

den Haushalt machen

點 號斯哈特 媽亨

MP3-30

圍裙	Schürze	f.
	需爾車	
口罩	Mundschutz	m.
	夢得修雌	
頭巾	Kopftuch	n.
	摳夫兔賀	
洗碗	das Geschirr waschen	
	打思 個需爾 挖萱	
掃地	den Boden kehren	
	點 撥燈 凱恩	

掃把	Besen	*m.*
	杯森	
畚箕	Kehrblech	*n.*
	凱爾布雷希	
雞毛撢子	Staubwedel aus Hühnerfedern	*m.*
	需濤伯威的 凹思 婚呢費的爾	
拖地	den Boden wischen	
	點 撥燈 威萱	
抹布	Wischer	*m.*
	威些爾	
拖把	Mop	*m.*
	某波	
水桶	Eimer	*m.*
	埃麼	
擦窗戶	Fenster abwischen	
	分斯特爾 阿伯威萱	
玻璃	Glas	*n.*
	葛拉斯	
木板	Holzplatte	*f.*
	侯雌撲拉特	
紗門	Gazetür	*f.*
	嘎車禿淤爾	
紗窗	Gazefenster	*n.*
	嘎車分斯特	
擦拭	wischen	*v.*
	威萱	
刷洗	scheuern	*v.*
	修衣恩	

污垢	Schmutz 需幕雌	*m.*
灰塵	Staub 需濤伯	*m.*
收拾（整理）	aufräumen 凹夫若依們	*v.*
整齊	ordentlich 歐點特哩希	*adj.*
雜亂	durcheinander 督希埃安的爾	*adj.*
洗衣服	Kleidung waschen 客賴東 挖萱	
乾淨	sauber 艘伯爾	*adj.*
髒	schmutzig 需幕欺希	*adj.*
濕的	nass 那斯	*adj.*
乾的	trocken 特落肯	*adj.*
曬衣服	die Kleidung in der Sonne lüften 地 客來東 因 逮爾 松呢 呂夫騰	
曬衣架	Kleiderbügel 客來的爾部淤個	*m.*
曬衣夾子	Wächeklammer 威薛克拉們	*f.*
折衣服	Kleidung falten 客賴東 法爾騰	

燙衣服	Kleidung bügeln	
	客來東 爾部淤個	

縐摺	Falte	*f.*
	法爾特	

熨斗	Bügeleisen	*n.*
	伯淤個埃森	

燙衣架	Bügeltisch	*m.*
	伯淤個踢許	

換洗衣物籃	Wäschekorb	*m.*
	威薛扣伯	

❼ 洗澡
Bad
巴的

洗頭	Haare waschen	
	哈爾 挖萱	

擦背	sich den Rücken beim Baden abreiben	
	日希 點 入淤肯 百姆 八燈 阿伯賴本	

按摩	Massage	*f.*
	馬薩居	

沖洗	waschen	*v.*
	挖萱	

淋浴	duschen	*v.*
	度萱	

泡澡	ein Bad nehmen	
	埃 巴的 內門	

SPA	Bad	*n.*
	巴的	

公共澡堂	öffentliches Bad 淤分特哩些思 巴的	n.
熱水池	Heißbad 害思巴的	n.
冷水池	Kaltbad 卡特巴的	n.
溫水池	Warmwassrbad 瓦姆挖色爾巴的	n
蒸汽室	Dampfraum 當夫勞姆	m.
體重計	Waage 挖哥	f.
更衣室	Umkleideraum 溫姆克賴的勞姆	m.

❽ 清潔用品
Reinigungsmittel
賴你公司米特

MP3-32

洗髮精	Schampoo 鄉剖	n.
潤髮精	Haarspülung 哈爾需撲淤隆	f.
護髮油	Haarkuröl 哈爾庫爾淤爾	n.
沐浴乳	Duschgel 度許個	n.
沐浴鹽	Duschsalz 度許薩斯	n.

洗面乳	Gesichtsmilch 個日希特米爾希	f.
洗面皂	Gesichtsseife 個日希特塞佛	f.
洗手乳	Handmilch 漢的米爾希	f.
肥皂	Seife 塞佛	f.
毛巾	Handtuch 漢的兔賀	n.
浴巾	Badetuch 巴的兔賀	n.
浴帽	Badehut 巴的互特	m.
衛生紙	Toilettenpapier 偷伊雷騰怕批爾	n.
面紙	Gesichtstuchpapier 個日希雌兔賀怕批爾	n.
溼紙巾	feuchtes Handtuch 佛依稀特斯 漢的兔賀	m.
梳子	Kamm 咖姆	f.
牙膏	Zahnpaste 昌帕斯特	f.
牙刷	Zahnbürste 昌部淤斯特	f.
刮鬍膏	Rasiercreme 拉西爾克雷姆	n.

洗衣粉	Wäschepulver	n.
	威些撲佛爾	
冷洗精	Kaltwaschmittel	n.
	卡特瓦許米特	
洗碗精	Geschirrreiniger	n.
	個需爾賴你個爾	
衣物柔軟精	Wäscheeinweichmittel	n.
	威薜埃外希米特	
刷子	Bürste	f.
	部淤斯特	
漂白水	Bleichwasser	n.
	補賴希挖色爾	
垃圾袋	Mülltasche	m.
	謬爾他薛	
垃圾桶	Mülleimer	m.
	謬爾埃麼爾	
抹布	Reinigungstuch	n.
	來你公司兔賀	
拖把	Mop	m.
	摸波	
吸塵機	Staubsauger	m.
	許濤伯艘個爾	
臉盆	Waschbecken	n.
	挖需貝肯	
衛生棉	Slipeinlage	f.
	思哩波埃拉哥	
尿布	Windel	f.
	溫的	

❾ 個人用品
Personenartikel
佩松呢阿踢客

手帕	Taschentuch 他萱兔賀	*n.*
雨傘	Regenschirm 雷根遜姆	*m.*
雨衣	Regenmantel 雷根曼特	*m.*
眼鏡	Brille 部哩了	*f.*
隱形眼鏡	Kontaktlinse 空踏克特林色	*f.*
太陽眼鏡	Sonnenbrille 宋呢部哩了	*f.*
口罩	Mundschutz 夢的修雌	*m.*
指甲剪	Fingernagelschere 分個那個薛爾	*f.*
安全帽	Schutzhelm 修雌黑姆	*m.*
信用卡	Kreditkarte 愧低特喀爾特	*f.*
提款卡	Geldkarte 給爾的喀爾特	*f.*
護照	Paß 帕斯	*m.*

身份證	Personalausweis	*m.*
	波松那奧斯外思	
學生證	Studentenausweis	*m.*
	許督點騰奧斯外思	
鑰匙	Schlüssel	*m.*
	許呂色	
打火機	Feuerzeug	*n.*
	佛伊爾湊以個	

⑩ 文具用品
Schreibwaren
需賴伯挖恩

`MP3-34`

鉛筆	Bleistift	*m.*
	部賴需踢夫特	
原子筆	Kugelschreiber	*m.*
	哭個許賴伯爾	
鋼筆	Füller	*m.*
	富淤了爾	
削鉛筆機	Bleistiftspitzmaschine	*f.*
	部賴需踢夫特需批雌媽需呢	
筆筒	Bleistifthalter	*m.*
	部賴需踢夫特哈特爾	
橡皮擦	Radiergummi	*m.*
	拉地爾辜米	
立可白	Korrekturstift	*m.*
	摳瑞克特兔爾需踢夫特	
鉛筆盒	Federmäppchen	*n.*
	費的爾妹波萱	

剪刀	Schere	*f.*
	薛爾	
尺	Maßstab	*n.*
	媽思許他伯	
蠟筆	Wachsstift	*m.*
	挖克斯許踢夫特	
筆記本	Heft	*n.*
	黑夫特	
便條紙	Notizzettel	*m.*
	嘸踢雌猜特	
文件夾	Aktenordner	*m.*
	阿克特歐的呢	
計算機	Taschenrechner	*m.*
	他萱瑞希呢爾	
行事曆	Kalender	*m.*
	咖練的爾	
釘書機	Heftmaschine	*f.*
	黑夫特媽需呢	
粉筆	Kreide	*f.*
	客賴的	
麥克筆	Markerstift	*m.*
	馬爾克爾需踢夫特	
螢光筆	Neonstift	*m.*
	內翁需踢夫特	
迴紋針	Büroklammer	*f.*
	逼歐肉克拉們	
圖釘	Reißnagel	*m.*
	賴思那個	

三角尺	Winkelmaß 溫客媽思	*n.*
圓規	Zirkel 欺爾克	*m.*
打洞器	Locher 摟賀	*m.*
膠水	Leim 賴姆	*m.*
墊板	Schreibunterlage 許賴伯溫特拉哥	*m.*
月曆	Monatskalender 某那雌卡練的	*m.*

PART 5

購物篇
Einkaufen
埃考分

❶ 衣物
Kleidung
客賴東

MP3-35

內衣	Unterwäsche 溫特威些	*f.*
胸罩	Büstenhalter 部淤思騰哈特爾	*m.*
襯衫	Hemd 黑母的	*n.*

T恤	T-Shirt T恤特	*n.*
格子襯衫	kariertes Hemd 咖力爾特斯 黑母的	*n.*
花襯衫	Blumenhemd 布魯們黑母的	*n.*
白襯衫	weißes Hemd 外色思 黑母的	*n.*
汗衫	Unterhemd 溫特黑母的	*n.*
運動衣	Sportanzug 許破特安促個	*m.*
球衣	Turnanzug 吞恩安促個	*m.*
西裝	Anzug 安促個	*m.*
外套	Jacke 押客	*f.*
制服	Uniform 屋逆風	*f.*
睡衣	Schlafanzug 需拉夫安促個	*m.*
毛衣	Pullover 撲樓佛	*m.*
棉襖	wattierte Jacke 挖踢爾特 押客	*f.*
大衣	Mantel 曼特爾	*m.*

皮大衣	Pelzmantel 沛爾雌曼特爾	*m.*
斗篷	Umhang 溫姆漢	*m.*
披肩	Umschlagtuch 溫許拉個促個	*m.*
泳衣	Badeanzug 巴的安促個	*n.*
泳褲	Badehose 巴的侯色	*m.*
長褲	Hose 侯色	*f.*
短褲	kurze Hose 庫爾車 侯色	*f.*
內褲	Unterhose 溫特侯色	*f.*
牛仔褲	Jeans 金斯	*f.*
帽子	Hut 戶特	*m.*
草帽	Strohhut 虛脫戶特	*m.*
鴨舌帽	Schirmmütze 需姆幕淤車	*f.*
釦子	Knopf 客嗯夫	*m.*
高領衣服	Stehkragen 許貼克拉根	*m.*

V字領	V-Ausschnitt V-凹思許逆特	*m.*
口袋 (褲袋)	Hosentasche 侯森他薛	*m.*
手套	Handschuh 漢的書爾	*f.*
襪子	Socken 搜肯	*m.*
絲襪	Strümpfe 許吞淤佛	*pl.*
絲巾	Seidetuch 塞登兔賀	*pl.*
絲襪	Strümpfe 許吞淤佛	*n.*
皮帶	Gürtel 辜淤特	*m.*
領帶	Krawatte 誇挖特	*f.*
領帶夾	Krawattennadel 誇挖特納的	*f.*
棉	Watte 挖特	*f.*
絲	Seide 賽的	*f.*
麻	Hanf 漢夫	*m.*
尼龍	Nylon 奈隆	*n.*

羊毛	Wolle 窩了	*f.*
尺寸	Größe 葛綠色	*f.*
小號	kleine Größe 客賴呢 葛綠色	*f.*
中號	Mittelgröße 米特 葛綠色	*f*
大號	große Größe 葛洛色 葛綠色	*f.*
同一尺寸（one size）	freie Größe 福賴痾 葛綠色	*f.*
太大	zu groß 促 葛洛斯	*adj.*
太小	zu klein 促 客賴恩	*adj.*
太緊	zu eng 促 恩	*adj.*
寬鬆	locker 樓克爾	*adj.*
試穿	anprobieren 安波逼恩	*v.*
合身	gut passend 故特 怕森得	*adj.*
花樣	Muster 幕斯特爾	*n.*
顏色	Farbe 法伯	*f.*

款式	Stil 需踢爾	*m.*
品牌	Marke 馬爾克	*f.*
這種	diese Art 地色 阿爾特	*f.*
剩下	überflüssig 瘀伯爾福淤絲希	*adj.*
賣光	ausverkauft 奧斯費爾靠夫特	*adj.*
更換	umtauschen 溫姆濤萱	*v.*
收據	Quittung 庫威同	*f.*
修改	abändern 阿伯恩的爾	*v.*
打折	Rabatt geben 拉巴特 給本	
拍賣	Auktion 澳客瓊	*f.*
昂貴	teuer 偷伊爾	*adj.*

❷ 鞋子
Schuhe
書爾

拖鞋	Pantoffel 潘托佛	m.
皮鞋	Lederschuh 雷的書	m.
涼鞋	Sandale 三搭了	f.
高跟鞋	Stöckelschuh 許督淤克書	m.
運動鞋	Sportschuh 需破特書	m.
球鞋	Turnschuh 吞書	m.
布鞋	Stoffschuh 虛脫夫書	m.
平底鞋	Flachschuh 夫拉赫書	m.
靴子	Stiefel 需踢佛	m.
真皮	Echt-Leder 耶希特-雷的爾	n.
人工皮	Kunstleder 困斯特雷的爾	n.
鞋帶	Schuhband 書幫的	n.

| 鞋墊 | Einlagesohle
埃拉個搜了 | *f.* |

化粧水	Gesichtswasser 個日希雌瓦色爾	*n.*
乳液	Lotion 樓瓊	*f.*
防曬油	Sonnenöl 松呢淤爾	*n.*
口紅	Lippenstift 哩盆需踢夫特	*m.*
眼影	Lidschatten 哩的蝦騰	*m.*
粉餅	Puder 撲的爾	*m.*
粉底液	Teint 太特	*m.*
粉撲	Puder 撲的爾	*m.*
腮紅	Rouge 入舉	*n.*
眼霜	Augencreme 凹跟克瑞姆	*f.*
睫毛膏	Maskara 媽思咖拉	*f.*

眉筆	Augenbrauenstift 凹跟部撈兒需踢夫特	*m.*
指甲油	Nagellack 哪個拉客	*m.*
美白	Aufhellung 凹夫黑隆	*f.*
防曬	Sonnenschutz 松呢書雌	*m.*
保濕	befeuchten 被佛依稀騰	*v.*
化粧品	Schönheitsmittel 勳害雌米特	*n.*
香水	Parfüm 怕峰淤	*n.*
古龍水	Kölnisch Wasser 哭淤泥需 挖色爾	*n.*
塗抹	auftragen 凹夫特拉跟	*v.*
噴髮膠	Haarspray und Lack 哈爾需沛 溫的 拉客	*m.*
定型液	Haarfestiger 哈爾費思踢個爾	*m.*

④ 蔬菜
Gemüse
哥幕淤色

MP3-38

高麗菜	Kohl 扣爾	*m.*

白菜	Chinakohl 吸納扣爾	*m.*
小黃瓜	Gurke 辜爾克	*f.*
南瓜	Kürbis 哭淤逼思	*m.*
蕃茄	Tomate 偷媽特	*f.*
菠菜	Spinat 需批那特	*m.*
萵苣	Kopfsalat 扣夫薩臘特	*m.*
花椰菜	Blumenkohl 部嚕們扣爾	*m.*
芹菜	Sellerie 色了力	*m.*
荷蘭芹	Petersilie 沛特希哩	*f.*
玉米	Mais 麥斯	*m.*
蘿蔔	Möhre 謬爾	*f.*
馬鈴薯	Kartoffel 咖爾偷佛	*f.*
大蒜	Knoblauch 客嗰伯烙賀	*m.*
茄子	Aubergine 凹貝爾基呢	*f.*

甜椒	Paprika 怕撲哩卡	*m.*
青椒	grüner Paprika 個率呢 怕撲哩卡	*m.*
洋蔥	Zwiebel 雌威博	*f.*
豌豆	Erbse 耶爾伯色	*f.*
四季豆（菜豆）	Bohne 撥呢	*f.*
地瓜	Süßkartoffel 日淤思咖爾偷佛	*f.*
蘑菇	Champignon 鄉批嗯	*m.*
松露	Trüffel 特淤佛	*m.*
蘆筍	Spargel 許怕個	*m.*
朝鮮薊	Artischocke 阿踢修課	*f.*
辣椒	scharfer Paprika 下佛爾 怕撲哩卡	*m.*
蔥	Schnittlauch 需逆特勞賀	*m.*
薑	Ingwer 因威爾	*m.*
蒜	Knoblauch 客嗯伯烙賀	*m.*

薄荷	Pfefferminz 費佛爾敏雌	n.
羅勒	Basilikum 巴思哩空姆	n.
番紅花	Krokus 扣哭思	m.
迷迭香	Rosmarin 漏思媽吝	m.
百里香	Thymian 禿淼米安	m.
茴香	Fenchel 分薛	m.
月桂葉	Lorbeerblatt 摟貝爾布拉特	n.
蒔蘿	Kreuzkümmel 摳伊雌庫淤麼	m.

❺ 水果
Obst
歐伯斯特

MP3-39

草莓	Erdbeere 耶爾的貝爾	f.
櫻桃	Kirsche 基爾薛	f.
奇異果	Kiwi 機威	f.
桃子	Pfirsich 菲爾西許	m.

葡萄	Traube 特撈伯	*f.*
檸檬	Zitrone 欺偷呢	*f.*
蘋果	Apfel 阿佛	*f.*
杏桃	Aprikose 阿撲哩摳色	*f.*
蜜棗	Honigdattel 侯逆西搭特	*f.*
葡萄柚	Grapefruit 辜拉潑婦特	*f.*
梨子	Birne 逼爾呢	*f.*
橘子	Orange 歐濫居	*f.*
杏子	Mandel 曼的	*f.*
香蕉	Banane 巴那呢	*f.*
甜瓜	Honigmelone 侯逆西妹隆呢	*f.*
無花果	Feige 費個	*f.*
酪梨	Avocado 阿否咖都	*f.*
覆盆子	Himbeere 新姆貝爾	*f.*

藍苺	Blaubeere 部勞貝瑞	*f.*
椰子	Kokosnuß 扣扣思怒思	*f.*
西瓜	Wassermelone 挖色妹隆呢	*f.*
木瓜	Papaya 怕怕押	*f.*
鳳梨	Ananas 阿那那斯	*f.*

❻ 特產
Spezialität
需佩七阿哩帖特

MP3-40

咕咕鐘	Kuckucksuhr 庫庫思屋爾	*f.*
銀器	Silberware 日爾伯挖爾	*f.*
銀製餐具	Silberbesteck 日爾伯被需貼客	*n.*
骨磁餐具	Porzellanbesteck 波猜濫被需貼客	*n.*
手繪彩盤	handgemalte fabrige Platte 漢的哥馬爾特 法逼哥 撲拉特	*f.*
水晶藝品	Kristallware 客哩思他挖爾	*f.*

玻璃器皿	Glassware 個拉斯挖爾	*f.*
蕾絲布	Spitzengewebe 需批琛哥為伯	*f.*
花瓶	Vase 挖色	*f.*
古董	Antiquität 安踢庫伊帖特	*f.*
老照片	altes Foto 阿特斯 否偷	*n.*
繪畫	Malerei 媽了賴	*f.*
素描	Skizze 思機車	*f.*
珠寶箱	Schmuckkasten 許幕客卡司騰	*m.*
絲巾	Seidentuch 塞燈兔賀	*n.*
香水	Parfüm 怕峰淤姆	*n.*
紀念幣	Jubiläumsmünze 優逼摟伊姆思慕淤車	*f.*
皮件	Lederware 雷的瓦爾	*f.*
玩偶	Puppe 撲波	*f.*
香精油	Essenz 耶色絲	*f.*

蠟燭	Kerze 凱爾車	*f.*
鑰匙圈	Schlüsselring 需呂淤塞玲	*m.*
相框	Fotorahmen 否投拉們	*m.*

❼ 珠寶
Juwelierwaren
優否哩爾挖恩

項鍊	Halskette 哈斯凱特	*f.*
耳環	Ohrring 歐爾玲	*m.*
手環	Armband 阿姆班的	*m.*
手鍊	Armkette 阿姆凱特	*f.*
戒指	Ring 玲	*m.*
墜子	Gehänge 哥漢恩哥	*n.*
珍珠	Perle 沛了	*f.*
翡翠	Jade 押的	*m.*
玉器	Jadeware 押的挖爾	*f.*

象牙	Elfenbein 耶爾分拜恩	*n.*
黃金	Gold 夠的	*n.*
銀	Silber 日爾伯	*n.*
白金	Weißmetall 外思妹踏	*n.*
鑽石	Diamant 低阿曼特	*m.*
紅寶石	Rubin 入賓	*m.*
藍寶石	Saphir 薩費爾	*m.*

PART 6

美食篇
gutes Essen
固特斯 耶森

❶ 麵包、糕餅類
Brot, Kuchen
布洛特、哭亨

MP3-42

麵包	Brot 布洛特	*n.*
黑麵包	Schwarzbrot 需瓦雌布洛特	*n.*

白麵包	Weißbrot 外思布洛特	n.
全麥麵包	Vollweizenbrot 佛外琛布洛特	n.
牛角麵包（可頌）	Hörnchen 婚淤萱	n.
棍形麵包	Baguette 八給特	n.
吐司	Toast 偷斯特	m.
三明治	Sandwich 散的威區	n.
餅乾	Biskuit 逼思庫威特	n.
蘇打餅乾	Sodabiskuit 搜打逼思庫威特	n.
鬆餅	Teekuchen 貼庫亨	f.
薑餅	Ingwerkuchen 因委爾庫亨	m.
水果餡餅	Obsttorte 歐伯斯特偷特	f.
甜甜圈	Berliner 蓓琳呢爾	m.
提拉米蘇	Tiramisu 提拉米蘇	n.
千層派	Blechkuchen 部類希庫亨	m.

水果派	Obstkuchen	m.
	歐伯斯特庫亨	

檸檬派	Zitronenkuchen	m.
	七偷呢庫亨	

蘋果派	Apfelkuchen	m.
	阿否庫亨	

水果塔	Obsttorte	f.
	歐伯斯特他特	

巧克力慕思	Schokoladenmousse	f.
	修扣拉燈暮色	

巧克力藍莓慕思	Schokoladenblau beeremousse	f.
	修扣拉燈部勞貝爾暮色	

蛋糕	Kuchen	.m
	庫亨	

水果蛋糕	Obstkuchen	m.
	歐伯斯特庫亨	

巧克力蛋糕	Schokoladenkuchen	m.
	修扣拉燈庫亨	

起司蛋糕	Käsekuchen	m.
	凱色庫亨	

海綿蛋糕	Schwammkuchen	m.
	許萬姆庫亨	

奶油捲	Sahnerolle	f.
	撒呢肉了	

蛋塔	Eiertorte	f.
	埃爾偷特	

奶油泡芙	Windbeutel	m.
	溫的撥伊特	

❷ 點心
Desserts
爹色爾特

果凍	Wackelpudding 挖客撲丁	*m.*
巧克力布丁	Schokoladenpudding 修扣拉燈撲丁	*m.*
起司（乳酪）	Käse 凱瑟	*f.*
優格	Joghurt 優格特	*m.*
烤栗子	gebratene Kastanie 哥布拉特呢 咖思他逆	*f.*
醃橄欖	eingesalzene Olive 埃哥薩車呢 歐哩否	*f.*
糖漬水果	gezuckertes Obst 哥促克爾特斯 歐伯斯特	*n.*
洋芋片	Kartoffelchip 咖偷否欺撲	*m.*
巧克力	Schokolade 修口拉的	*f.*
糖果	Bonbon 撥翁撥翁	*n.*
爆米花	Popcorn 破撲空	*n.*
口香糖	Kaugummi 考辜米	*m.*

冰淇淋	Eiscreme 艾斯克類們	*n.*
香草冰淇淋	Vanilleeis 萬逆了艾斯	*n.*
草莓冰淇淋	Erdbeereis 欸爾的貝爾艾斯	*n.*
霜淇林	Eiscreme 埃斯克雷們	*n.*

熱狗	Hotdog 哈特都個	*m.*
炸雞	fritiertes Hähnchen 費踢爾特斯 漢萱	*n.*
炸薯條	Kartoffelchip 咖偷否欺撲	*m.*
炸薯餅	Kartoffelpuffer 咖偷否撲否爾	*f.*
漢堡	Hamburger 黑姆部個	*m.*
雞塊	Hühnerfrikassee 婚呢爾廢卡塞	*n.*
生菜沙拉	Gemüsesalat 哥幕淤塞薩臘特	*f.*
玉米濃湯	Maissuppe 麥斯速波	*f.*

烤香腸	Bratwurst 布拉特窩爾斯特	*f.*
培根	Schinkenspeck 新肯許配客	*m.*
火腿	Schinken 新肯	*m.*
炒蛋	gebratenes Ei 哥布拉騰呢思 埃	*n.*
煎蛋	Spiegelei 許丕個埃	*n.*
水煮蛋	gekochtes Ei 哥扣赫特斯埃	*m.*

開胃菜	Appetitanreger 阿配踢特安瑞個爾	*m.*
前菜	Vorspeise 佛許派色	*f.*
主菜	Hauptspeise 號破特許派色	*f.*
德國香腸	deutsche Wurst 豆伊嚕 夫爾斯特	*f.*
臘腸	Wurst 夫爾斯特	*f.*
香腸拼盤	Wurstplatte 夫爾斯特撲拉特	*f.*

燻腸三明治	Sandwich mit gebratener Mortadella	*n.*
	三的威區 米特 個不拉特呢爾 謀他逮拉	
蕃茄沙拉	Tomatensalat	*m.*
	偷媽騰薩臘特	
鮮蝦沙拉	Krabbensalat	*m.*
	克拉本薩臘特	
蔬菜沙拉	Gemüsesalat	*m.*
	哥幕淤色薩臘特	
鵝肝醬	Gänseleberpastete	*f.*
	乾色雷伯帕斯貼特	
燻鮭魚	Rauchlachs	*m.*
	勞賀辣克斯	
酸菜	Sauerkraut	*n.*
	艘爾克烙特	
酸豆（續隨子）	Kaper	*f.*
	咖破爾	
酸黃瓜（醋漬小黃瓜）	Sauergurke	*f.*
	艘爾辜爾克	
烤無花果	gebackene Feige	*f.*
	哥八肯呢 費哥	
燻雞	Rauchhähnchen	*n.*
	勞賀漢萱	
燻鴨肉	Rauchente	*f.*
	勞賀恩特	
火腿拌冷通心粉	Schinken mit kalter Makaroni	*m.*
	新肯 米特 卡特爾 馬咖落逆	
雞排	Hühnerkotelett	*n.*
	婚呢扣特雷特	

烤鴨	Entebraten 恩特布拉騰	*m.*
烤雞	Huhnbraten 混恩布拉騰	*m.*
烤鵝	Gansbraten 幹思布拉騰	*m.*
烤火雞	Truthahnbraten 兔特漢布拉騰	*m.*
烤乳鴿	gebratene Taube 哥布拉特呢 濤伯	*f.*
德國豬腳	Schweinehaxe 需外呢哈克色	*f./n.*
烤豬肉	Schweinebraten 需外呢布拉騰	*m.*
烤羊排	gebratenes Hammelrippchen 哥布拉特思 漢麼率婆勳	*n.*
烤羊腿	gebratene Hammelkeule 哥布拉特呢 漢麼扣伊了	*f.*
牛排	Beefsteak 碧夫許帖客	*n.*
羊排	Hammelrippchen 漢麼率婆勳	*n.*
燉牛肉	geschmortes Rindfleisch 哥布拉特斯 林的浮賴許	*n.*
烤龍蝦	gebratene Languste 哥布拉特呢 蘭古斯特	*f.*
鹽烤鱸魚	gebratener Barsch 哥布拉特呢爾 霸爾許	*m.*

烤魚	Fischbraten 費許部辣騰	*m.*
香草煎鱈魚	mit Lavendel gebratener Kabeljau 米特 拉溫的 個不拉騰呢爾 咖被較	*m.*
炸魚	fritierter Fisch 費踢爾特爾 費許	*m.*
烤洋芋	gebratene Kartoffel 哥巾拉騰呢 卡爾偷否	*f.*
燉蔬菜	geschmortes Gemüse 哥許謀特 哥幕淤色	*n.*
馬鈴薯泥	Kartoffelbrei 卡爾偷否部賴	*m.*
馬鈴薯餅	Kartoffelkuchen 卡爾偷否哭亨	*m.*
馬鈴薯餃	Kartoffelteigtasche 卡爾偷否泰個他薛	*f.*
海鮮濃湯	Suppe aus Meeresfrüchten 速波 奧斯 妹兒思夫淤西騰	*f.*
洋蔥湯	Zwiebelsuppe 雌威伯速波	*f.*
奶油蘑菇湯	Champignonsuppe 鄉批嗕速波	*f.*
蔬菜濃湯	Gemüsesuppe 哥幕淤色速波	*f.*

義大利菜	italienisches Essen 依他哩耶你雪思 耶森	n.
中國菜	chinesisches Essen 西內日雪思 耶森	n.
日本菜（料理）	japanisches Essen 押盤你雪思 耶森	n.
生魚片	roher Fisch 肉爾 費許	m.
壽司	Sushi 速許	f.
義大利麵	Spaghetti 許怕給踢	pl.
千層麵	Nudelauflauf 努都澳夫烙夫	m.
披薩	Pizza 批岔	f.
西班牙海鮮飯	Paella 怕耶拉	f.
墨魚飯	Schwarzer Reis mit Tintenfisch 許瓦車爾 賴思 米特 聽騰費許	m.
鮮蝦西班牙冷湯	spanische Kaltsuppe aus Krabben 許怕你薛 卡特速波 奧斯 克拉本	f.
魚子醬	Kaviar 卡委亞	m.

烤乳豬	geröstetes Schweinefleisch	*n.*
	哥肉淤思帖特斯 許外呢浮賴許	
韓國烤肉	koreanisch gegrilltes Fleisch	*n.*
	扣瑞阿逆許 哥個麗特斯 浮賴許	
小火鍋	japanisches Fondü	*n.*
	押盤逆薛思 風度淤	

❻ 肉類
Fleisch
夫賴許

MP3-47

雞肉	Hühnerfleisch	*n.*
	婚淤呢夫賴許	
雞腿	Hühnerbein	*m.*
	婚淤呢拜恩	
雞翅膀	Hühnerflügel	*m.*
	婚淤呢夫呂哥	
雞肝	Hühnerleber	*f.*
	婚淤呢雷伯	
火雞	Truthahn	*m.*
	禿特漢	
鵪鶉	Wachtel	*f.*
	挖赫特	
雉雞	Fasan	*m.*
	法散	
珠雞	Perlhuhn	*f.*
	配爾混恩	
鴨肉	Entenfleisch	*m.*
	恩藤夫賴許	

豬肉	Schweinefleisch 許外呢夫賴許	n.
豬腳	Schweinehaxe/Eisbein 許外呢哈克色/埃思拜恩	f./n.
牛肉	Rinderfleisch 林的賴許	n.
牛舌	Rinderzunge 林的爾春哥	f.
牛尾巴	Ochsenschwanz 歐克森許萬雌	m.
牛胃	Ochsenmagen 歐克森媽跟	m.
牛雜	Rinderorgane 林的爾歐嘎呢	pl.
羊肉	Hammelfleisch 漢麼夫賴許	n.
羊排	Hammelkotelett 漢麼扣特雷特	n.
兔肉	Hasenfleisch 哈森夫賴許	n.
蝸牛	Schnecke 許內客	f.
蛙肉	Froschfleisch 佛許夫賴許	n.
蛙腿	Froschbein 佛許拜恩	m.
乳鴿	Babytaube 杯逼濤伯	f.

田螺	Flussschnecke	*f.*
	夫鷺鶯許內客	

❼ 海鮮
Meeresfrüchte
妹兒思夫淤需特

鱈魚	Kabeljau	*m.*
	卡被較	
鯉魚	Karpfen	*m.*
	卡爾分	
鱸魚	Barsch	*m.*
	霸爾許	
鱒魚	Forelle	*f.*
	佛瑞了	
鮪魚	Thunfisch	*m.*
	吞費許	
鮭魚	Lachs	*m.*
	辣克斯	
鯷魚	Sardelle	*f.*
	薩逮了	
鯡魚	Hering	*m.*
	黑爾玲	
鰻魚	Aal	*m.*
	阿爾	
鯛魚	Meerbrasse	*f.*
	妹爾布拉色	
鯊魚	Hai	*m.*
	害	

沙丁魚	Sardine 薩爾低呢	*f.*
比目魚	Flunder 夫輪的爾	*f.*
金槍魚	Thunfisch 吞費許	*m.*
青花魚	Makrele 馬克瑞了	*f.*
石斑魚	Felsenfisch 費爾森費許	*m.*
螃蟹	Krebs 克雷伯斯	*m.*
生蠔	Auster 凹斯特爾	*f.*
烏賊	Tintenfisch 聽騰費許	*m.*
墨魚	Tintenfisch 聽騰費許	*m.*
魷魚	Kuttelfisch 卡特爾費許	*m.*
蝦子	Garnele 嘎內了	*f.*
龍蝦	Languste 蘭故斯特	*f.*
蝦仁	Krabbe 克拉本	*f.*
明蝦	Garnele 嘎內了	*f.*

蛤蜊	Muschel	f.
	幕薛	
海螺	Meerschnecke	f.
	妹爾許內客	
海膽	Seeigel	m.
	色伊哥	
干貝	getrocknete Schließmuskeln von Muscheln	f.
	個扰兌內特 許歷斯穆斯克爾 馮 姆雪	
扇貝	Kammmuschel	f.
	咖姆幕薛	

⑧ 食品雜貨
Nahrungsmittel und Gemischtwaren
那翁思米特 溫得 哥米續特挖恩　　　MP3-49

糖	Zucker	m.
	促克爾	
方糖	Würfelzucker	m.
	窩淤佛促克爾	
鹽巴	Salz	n.
	薩爾雌	
醬油	Sojasoße	f.
	搜押搜色	
醋	Essig	n.
	耶思西	
紅酒醋	Rotweinessig	n.
	肉特外恩耶思西	
白酒醋	Weißweinessig	n.
	外思外恩耶思西	

辣椒醬	Paprikasauce 怕撲哩咖搜色	*f.*
胡椒粉	Pfefferpulver 費佛舖佛	*n.*
香料	Gewürz 個窩淤雌	*n.*
肉桂	Zimt 親姆特	*m.*
豆蔻	echtes Kardamom 耶希特斯 咖爾搭摸	*n.*
蕃茄醬	Tomatensauce 偷媽騰搜色	*f.*
沙拉醬（美乃滋）	Mayonnaise 媽優內色	*f.*
千島醬	Tausendinsel-Dressing 濤森的音色 追興	*n.*
芥末	Senf 日恩夫	*m.*
芝麻	Sesam 色撒姆	*m.*
蜂蜜	Honig 侯你西	*m.*
果醬	Marmelade 媽麼拉的	*f.*
草莓果醬	Erdbeermarmelade 耶爾的貝爾媽麼拉的	*f.*
藍莓果醬	Blaubeermarmelade 部烙的貝爾媽麼拉的	*f.*

花生醬	Erdnussbutter 耶爾的怒思部特爾	*f.*
橘子果醬	Orangenmarmelade 歐蘭絕媽麼拉的	*f.*
覆盆子醬	Himbeermarmelade 新貝爾媽麼拉的	*f.*
楓糖漿	Ahornsirup 阿紅西路撲	*m*
奶油	Butter 部特爾	*f.*
奶精	Sahne 撒呢	*f.*
黑胡椒醬	Schwarzpfeffer-Soße 需挖雌飛否爾 搜色	*f.*
蘑菇醬	Champignonsoße 鄉批嗯搜色	*f.*
乳酪醬	Käsesoße 凱色搜色	*f.*
薄荷醬	Pfefferminzsoße 飛否命思搜色	*f.*
蒜味蛋黃醬	Knoblauchbutter-Soße 客嗯伯烙賀部特爾 搜色	*f.*
橄欖油	Olivenöl 歐哩分淤爾	*n.*
沙拉油	Salatöl 薩臘特淤爾	*n.*
米	Reis 賴思	*m.*

麵粉	Mehlstoff 妹爾需偷夫	n.
太白粉	Speisestärke 許派瑟許貼客	f.
罐頭	Konservendose 空色分兜色	f.
麵條	Nudeln 努兜	f.
茶葉	Tee 帖	m.
麥片	Haferflocken 哈佛否摟肯	pl.
玉米片	Maisflocken 麥斯否摟肯	pl.
開心果	Pistazie 批思他日	f.
核桃	Walnuß 挖努思	n.
杏仁	Mandel 曼的	f.
松子	Pinienkern 批你恩康恩	m.

⑨ 飲料
Getränk
個天客

MP3-50

| 白開水 | abgekochtes Wasser
阿伯個扣赫特斯 挖色爾 | n. |

熱開水	heißes Wasser 海色思 挖色爾	n.
冰開水	Eiswasser 艾斯挖色爾	n.
礦泉水	Mineralwasser 民呢拉挖色爾	n.
紅茶	schwarzer Tee 許挖車爾 貼	m.
奶茶	Milchtee 米爾許帖	n.
咖啡	Kaffee 咖費	m.
法式咖啡	Cappuccino 卡舖欺嗼	m.
義式濃縮咖啡	Espresso 耶思撲雷叟	m.
奶咖（咖啡加牛奶）	Milchkaffee 米爾許咖費	m.
牛奶	Milch 米爾許	f.
優酪乳（酸奶）	Joghurt 優個特	m.
可可亞	Kakao 卡考歐	m.
熱巧克力	heisse Schokolade 海色 修口拉的	f.
冰紅茶	schwarzer Eistee 需挖車爾 埃斯帖	m.

冰奶茶	Eis-Milchtee 埃斯 米爾西帖	*m.*
冰咖啡	Eiskaffee 埃斯咖費	*m.*
熱紅茶	heißer schwarzer Tee 害色爾 需挖車爾 帖	*m.*
熱奶茶	heißer Milchtee 害色爾 米爾西帖	*m.*
熱咖啡	Heiß-Kaffee 害斯 咖費	*m.*
柳橙汁	Orangensaft 歐蘭居薩夫特	*m.*
檸檬汁	Zitronensaft 欺拖呢薩夫特	*m.*
蘋果汁	Apfelsaft 阿否薩夫特	*m.*
蕃茄汁	Tomatensaft 偷媽騰薩夫特	*m.*
椰子汁	Kokossaft 扣扣思薩夫特	*m.*
汽水	Sodawasser 搜搭挖色爾	*n.*
可樂	Cola 寇拉	*f./n.*
雪碧	Sprite 斯闢特	*n.*
啤酒	Bier 碧爾	*n.*

淡啤酒	helles Bier 黑了思 碧爾	*n.*
黑啤酒	dunkles Bier 敦客了思 碧爾	*n.*
小麥啤酒	Malzbier 馬雌碧爾	*n.*
白酒	Weißwein 外思外恩	*m.*
紅酒	Rotwein 洛特外恩	*m.*
茴香酒	Fenchelwein 分薛外恩	*m.*
苦艾酒	Absinth 阿伯心思	*m.*
雪莉酒	Sherry 薛力	*m.*
威士忌	Whisky 威士忌	*m.*
香檳	Sekt 塞克特	*m.*
甜酒	Süßwein 入淤思外恩	*m.*
白蘭地	Brandy 布蘭地	*m.*
蘋果白蘭地	Apfelbrandy 阿否布蘭地	*m.*
櫻桃酒	Kirschenwein 基爾薛外恩	*m.*

伏特加	Wodka 臥的喀	*m.*
雞尾酒	Cocktail 寇克泰爾	*m.*
馬丁逆	Martini 馬丁逆	*m.*
蘋果酒	Apfelwein 阿否外恩	*m.*
利口酒	Likör 力庫淤	*m.*
雪利酒	Sherry 薛力	*m.*

交通篇
Verkehr
費爾凱爾

❶ 觀光勝地
Sehenswürdigkeiten
色恩斯窩淤低希凱特

MP3-51

柏林圍牆	Berliner Mauer 被林呢 貓爾	*m.*
勝利紀念柱	Siegessäule 日哥斯搜伊了	*f.*
布蘭登堡大門	Brandenburger Tor 布蘭登部個爾 偷爾	*m.*

菩提樹大街	Lindenstraße 林登需特拉色	*f.*
國會大廈	Parlamentgebäude 怕拉們特哥撥衣的	*n.*
奧林匹克運動場	Olympiastadion 歐林姆批亞許他低翁	*n.*
亞歷山大廣場	Alexanderplatz 阿勒克斯三的爾撲拉雌	*m.*
波次坦廣場	Potsdamplatz 波次但姆撲拉雌	*m.*
夏洛特宮	Charlottenburger Schloß 夏落騰布個爾 許漏思	m.
漢堡港	Hamburger Hafen 漢部個爾 哈分	*m.*
聖彼得大教堂	St. Petri Dom 聖 配特例 東姆	*m.*
不萊梅的四個音樂家	Bremer Stadtmusikanten 布雷們爾 許他特幕日看騰	*pl.*
科隆大教堂	Kölner Dom 逮爾 科淤呢爾 東姆	*m.*
新天鵝堡	Schloß Neuschwanstein 許漏思 嗕伊需萬許帶恩	*n.*
巧克力博物館	Schokoladenmuseum 修口拉登幕日用	*n.*
歌德故居	Goethehaus 哥淤特浩思	*n.*
貝多芬故居	Beethovenhaus 被偷分浩思	*n.*

德意志博物館	Deutsches Museum 兜依缺思 姆日用	*n.*
海德堡宮殿	Heidelberger Schloß 海的被個爾 許漏思	*m.*
哲學家之路	Philosophenweg 費摟摋分為個	*m.*
學生酒吧	Studentenkneipe 需督電謄客奈波	*f.*
英國公園	Englischer Garten 恩個哩些爾 嘎騰	*m.*
戰勝紀念碑	Völkerschlachtdenkmal 佛淤克爾許拉赫特電客馬	*m.*
萊比錫火車站	Leipziger Hauptbahnhof 來撲欺個爾 浩破特頒後夫	*m.*
羅蕾萊之岩	Felsen der Loreley 費爾森 逮爾 羅蕾萊	*m.*
萊茵河	Rhein 萊恩	*m.*
多瑙河	Donau 兜腦	*f.*

❷ 建築物
Gebäude
哥撥衣的

MP3-52

銀行	Bank 辦客	*f.*
飯店	Hotel 侯帖爾	*n.*

餐廳	Restaurant 瑞斯偷濫特	*m.*
機場	Flughafen 夫路個哈分	*m.*
醫院	Krankenhaus 克蘭肯浩思	*n.*
圖書館	Bibliothek 逼逼哩歐帖客	*f*
博物館	Museum 幕日用	*n.*
警察局	Polizei 剖哩蔡	*f.*
郵局	Post/ Postamt 破斯特/破斯特安姆特	*f./n.*
車站	Bahnhof 班後夫	*m.*
學校	Schule 書了	*f.*
公司	Firma 費爾瑪	*f.*
公寓	Wohnung 窩弄	*f.*
電信局	Telekom 貼雷空姆	
動物園	Zoo 湊	*m.*
公園	Park 帕克	*m.*

教堂	Kirche 基爾些	*f.*
修道院	Kloster 客攄斯特	*n.*
城堡	Schloß 許漏思	*n.*
寺廟	Tempel 天母波	*m.*
電影院	Kino 機嗯	*n.*
戲院	Theater 鐵阿特爾	*n.*
咖啡館	Café 卡費	*n.*
露天咖啡館	Café unter freiem Himmel 卡費 溫特爾 夫萊姆 新麼爾	*n.*
網路咖啡館	Internetcafé 因特內特卡費	*n.*
酒吧	Bar 霸爾	*f.*
公用電話亭	Fernsprechzelle/Telefonzelle 費恩需配西猜了/貼了封猜了	*f.*
麵包店	Bäckerei 杯克爾賴	*f.*
花店	Blumenladen 部嚕們拉登	*m.*
水果店	Obstladen 歐伯斯特拉登	*m.*

美容院	Beautysalon 部淤踢薩隆	*m.*
書店	Buchhandlung 部賀漢的龍	*f.*
洗衣店	Wäscherei 威些來	*f.*
唱片行	Schallplattenladen 夏撲拉騰拉登	*m.*
便利商店	24-Stunden-Geschäft 費爾溫的吃萬欺西 許敦登 哥削夫特	*n.*
超級市場	Supermarkt 蘇波爾馬爾克特	*m.*
露天市場	Markt unter freiem Himmel 媽爾克特 溫特 夫萊姆 新們	*m.*
跳蚤市場	Flohmarkt 否摟媽爾克特	*m.*
廣場	Platz 撲拉雌	*m.*
噴泉	Fontäne 峰天呢	*f.*
游泳池	Schwimmbad 需溫姆巴的	*n.*
停車場	Parkplatz 帕克撲拉雌	*m.*
紅綠燈	Verkehrsampel 費爾凱爾思安姆波	*f.*

❸ 公車
Bus
部思

MP3-53

冷氣公車	klimatischer bus	*m.*
	客哩嗎踢薛爾 部思	
市區公車	Stadtbus	*m.*
	許踏特部思	
單軌電車	Einschienenbahn	*f.*
	埃需呢辦	
長途巴士	Reisebus	*m.*
	來色部思	
站牌	Haltestelle	*f.*
	哈特許鐵了	
上車	einsteigen	*v.*
	埃許帶跟	
下車	aussteigen	*v.*
	奧斯許帶跟	
乘客	Passagier	*m.*
	怕薩居爾	
司機	Fahrer	*m.*
	發爾爾	
車掌	Schaffner	*m.*
	夏夫呢	
座位	Sitz	*m.*
	日雌	
零錢	Wechselgeld	*n.*
	威色給爾的	

投錢	Geld einwerfen	
	給爾的 埃魏爾芬	

投幣式	Münze einwerfen	
	幕淤車 埃魏爾芬	

刷卡	Karte einschieben	
	卡爾特埃噓本	

公車卡	Busfahrkarte	*f.*
	部思發爾卡爾特	

買票	Karte einkaufen	
	卡特 埃考分	

大人票	Erwachsenkarte	*f.*
	耶爾挖克森卡爾特	

兒童票	Kinderkarte	*f.*
	親的爾卡爾特	

單程票	einfache Fahrkarte	*f.*
	埃發賀 發卡爾特	

來回票	Hin-und-Rückfahrkarte	*f.*
	信-溫的-瑞克發爾卡爾特	

時刻表	Fahrplan	*m.*
	發爾撲濫	

開車時間	Fahrtzeit	*f.*
	發爾特蔡特	

下車按鈕	Halteknopf	*f.*
	哈特克嗝夫	

頭班車	die erste Abfahrt	*f.*
	地 耶爾斯特 阿伯法爾特	

末班車	die letzte Abfahrt	*f.*
	地 雷雌特 阿伯法爾特	

終點站	Endstation 恩得許他瓊	*f.*
高速公路	Autobahn 凹投辦恩	*f.*
十字路口	Kreuzung 扣伊衝	*f.*
停車	parken 怕肯	*v.*
塞車	Verkehrsstau 費爾凱爾絲許濤	*m.*
煞車	bremsen 部類姆森	*v.*

❹ 計程車
Taxi
他克希

MP3-54

計程車招呼站	Taxistand 他克希許但的	*m.*
空車	freies Taxi 福賴爾斯 他克西	*n.*
叫車	ein Taxi bestellen 埃 他克希 被需貼稜	
目的地	Ziel 七爾	*n.*
旅客服務中心	Tourist-Information 圖瑞絲特-因否馬瓊	*f.*

迷路	verirren (sich) 費爾一恩	*v.*
怎樣走 (到那兒?)	Wie komme ich dahin? 威 空門 依稀 搭信	
沿著	entlang 恩特嘟恩	*adv.*
直走	geradeaus gehen 個拉的奧斯 給恩	
轉角處	Straßenecke 許特拉森ㄟ客	*f.*
往回走	zurückkehren 促入淤客凱恩	*v.*
斜對面	schräg gegenüber 雪類個 給跟淤伯爾	*adv.*
很遠	sehr weit 色爾 外特	*adv.*
附近	in der Nähe 因 逮爾 內爾	
走過頭	zu weit gehen 促 外特 給恩	
趕時間	sich beeilen 日西 被埃稜	*v.*
開快點	schnell fahren 許內爾 發恩	
開慢點	langsam fahren 郎散姆 發恩	
跳表	Zähler 菜了爾	*m.*

基本費	Grundgebühr 辜輪的哥部淤爾	_f._
里程表	Tachometer 他侯妹特爾	_m._
找錢	Geld herausgeben 給爾的 黑爾奧斯給本	
收據	Quittung 庫威同	_f._

❺ 火車、地下鐵
Zug, U-Bahn
促個、屋-班

MP3-55

售票處	Fahrkartenschalter 發爾卡騰下特爾	_m._
售票機	Kartenautomat 卡爾騰凹投馬特	_m._
買票	die Karte kaufen 地 卡爾特 考分	
月票	Monatskarte 謀那雌卡爾特	_f._
退票	die Karte zurückgeben 地 卡爾特 促入淤客給本	_m._
退票處	Kartenschalter 卡爾藤夏爾特爾	_m._
列車	Zug 促個	_m._
快車	Schnellzug 許內爾促個	_m._

特快車	Expreßzug 耶客思撲類思促個	*m.*
月台	Bahnsteig 辦需泰個	*m.*
車票	Fahrkarte 發爾卡特	*f.*
軟臥票	Schlafwagenkarte 許拉夫挖跟卡爾特	*f*
吸煙車廂	Raucherabteil 勞賀爾阿伯泰爾	*m.*
禁煙車廂	Nichtraucherabteil 尼希特勞賀爾阿伯泰爾	*m.*
補票	Fahrkarte nachlösen 發爾卡爾特 那賀呂森	
更換	wechseln 威克瑟爾	*v.*
轉車	umsteigen 溫姆許帶跟	*v.*
搭錯車	in den falschen Bus einsteigen 因 電 發宣布思 埃許逮跟	
服務窗口	Schalter 蝦爾特	*m.*
車上服務員	Zugbegleiter 促個伯葛萊特爾	*m.*

售票處	Schalter 夏爾特爾	*m.*
來回船票	Hin-und-Rück Schiffskarte 新-溫的-淤客 需夫斯卡爾特	*f.*
港口	Hafen 哈分	*m.*
渡船	Fähre 菲爾	*f.*
快艇	Schnellboot 許內爾撥特	*n.*
碼頭	Kai 凱	*m.*
堤防	Damm 蕩姆	*m.*
燈塔	Leuchtturm 摟依稀特吞姆	*m.*
離港時間	Verlassenzeit 費爾拉森蔡特	*f.*
入港時間	Einlaufzeit 埃撈夫蔡特	*f.*
上船	an Bord gehen 安 撥的 給恩	
下船	von Bord gehen 馮 撥的 給恩	

航線	Schifffahrtsstraße 需夫法特思許特拉色	*f.*
甲板	Deck 逮課	*n.*
船頭	Bug 部個	*m.*
船尾	Heck 黑客	*n.*
暈船	seekrank 色曠課特	*adj.*
船上服務	Schiffsbedienung 需夫斯被丁農恩	*f.*
船長	Kapitän 咖批天	*m.*
船員	Schiffer 需佛爾	*m.*

⑦ 坐飛機
das Flugzeug nehmen
打思 甫路個湊一個 內門　　　　　**MP3-57**

單程機票	einfache Flugkarte 埃發賀 甫路個卡爾特	*f.*
班機時刻表	Flugfahrplan 夫魯個發撲濫	*m.*
護照	Paß 帕斯	*m.*
海關	Zoll 湊爾	*m.*

行李托運	Gepäckauslieferung	*f.*
	個配客凹思哩否翁	
頭等艙	erste Klasse im Luftverkehr	*f.*
	耶爾斯特 克拉色 因姆 路夫特費爾凱爾	
商務艙	Geschäftsklasse im Luftverkehr	*f.*
	哥薛夫雌克拉色 因姆 路夫特費爾凱爾	
經濟艙	zweite Klasse im Luftverkehr	*f.*
	雌外特 克拉色 因姆 路夫特費爾凱爾	
空服員	Steward	*m.*
	思丟窩的	
座位	Flugzeugsitz	*m.*
	夫路湊一個日雌	
安全帶	Sicherheitsgurt	*m.*
	日些害雌故爾特	
行李	Gepäck	*n.*
	哥配客	
餐點	Essen bestellen	*n.*
	耶森 被許鐵稜	
免稅商品	Freigut	*n.*
	浮賴故特	
香菸	Zigarette	*f.*
	欺嘎瑞特	
酒	Wein	*m.*
	外恩	
化妝品	Schönheitsmittel	*n.*
	雄海雌米特	
音樂	Musik	*f.*
	幕日客	

開關	Schalter	*m.*
	夏爾特爾	

音量	Lautstärke	*f.*
	烙特需貼客	

頻道	Kanal	*m.*
	咖那	

耳機	Kopfhörer	*m.*
	扣夫侯淤爾	

旅遊	Tourismus	*m.*
	圖瑞絲幕斯	

商務	Handelsange legenheiten	*pl.*
	漢的思安哥雷根害特	

出差	Geschäftsreise	*f.*
	哥薛夫雌賴色	

遊學	Auslandsstudium	*n.*
	奧斯蘭雌許督低翁	

⑧ 租車
Autoverleih
凹投費爾賴

`MP3-58`

駕照	Führerschein	*m.*
	否淤爾箱恩	

國際駕照	internationaler Führerschein	*m.*
	因特納瓊那樂爾 否淤爾箱恩	

費用	Gebühr	*f.*
	哥部淤爾	

價目表	Preisliste	*f.*
	撲賴思哩思特	

| 租金 | Miete | *f.* |
| 咪特 | | |

| 手排 | handgelenkt | *f.* |
| 漢的哥練克特 | | |

| 自排 | automatisch gelenkt | *f.* |
| 凹投媽踢許 哥練克特 | | |

| 速度 | Geschwindigkeit | *adj.* |
| 哥許溫低西凱特 | | |

| 安全帶 | Sicherheitsgurt | *adj.* |
| 日些害雌故爾特 | | |

| 交通規則 | Verkehrsregel | *f.* |
| 費爾凱斯瑞哥爾 | | |

| 汽車鑰匙 | Autoschüssel | *m.* |
| 凹投許呂色爾 | | |

| 領車單 (租車用) | Autovermietungsbeleg | *f.* |
| 凹投費爾米銅絲被累個 | | |

| 保險 | Versicherung | *m.* |
| 費爾日些翁 | | |

| 投保人 | Versicherte | *m.* |
| 費爾日些特 | | |

| 停車位 | Parkplatz | *f.* |
| 怕爾克撲拉雌 | | |

| 車種 | Automodell | *m./f.* |
| 凹投某戴爾 | | |

| 跑車 | Rennauto | *m.* |
| 瑞恩凹投 | | |

| 敞篷車 | Kabriolett | *n.* |
| 咖逼歐類特 | | |

吉普車	Jeep 傑普	*n.*
廂型車	Kastenwagen 咖思騰挖跟	*n.*
總店	Hauptladen 浩撲特拉燈	*m.*
加油站	Tankstelle 湯客許貼了	*f*
還車	Auto zurückgeben 凹投 促淤客給本	

❾ 地名
Ortsname
歐雌那們

MP3-59

柏林	Berlin 貝爾吝
波昂	Bonn 跛恩
不萊梅	Bremen 布雷們
法蘭克福	Frankfurt 浮濫客負特
漢堡	Hamburg 漢姆部個
海德堡	Heidelberg 海的貝爾個
科隆	Köln 科淤恩

萊比錫	Leipzig 賴撲欺西	
慕逆黑	München 悶淤先	
波次坦	Potsdam 破雌但姆	
維爾茲堡	Würzburg 窩淤雌部個	
蘇黎世	Zürich 粗淤瑞西	
漢諾威	Hannover 漢諾佛爾	
德勒斯登	Dresden 德勒斯登	

PART 8

娛樂活動篇
Unterhaltung und Aktivität
溫特哈同 溫的 阿克踢威鐵

❶ 逛百貨公司		
im Kaufhaus bummeln		
音姆 考夫號思 不悶		MP3-60
百貨公司	Kaufhaus 考夫浩思	*n.*
女鞋部	Damenschuhsektor 搭門樞塞克頭爾	*m.*

化妝品專櫃	Kosmetikstand 蔻絲媚剔克許淡的	*m.*
飾品	Schmuck 許木克	*m.*
試衣間	Anproberaum 安波伯烙姆	*m.*
淑女服裝	Damenkleidung 搭們客來東	*f.*
紳士服裝	Herrenkleidung 黑恩客來東	*f.*
童裝	Kinderkleidung 欽的爾客來東	*f.*
少女服裝	Mädchenkleidung 妹的萱客來東	*f.*
運動用品	Sportartikelsektor 許破特阿剔克塞克頭爾	*m.*
精品部	Geschenkartikelsektor 哥炫克阿剔克塞克頭爾	*m.*
玩具部	Spielzeugsektor 許鬮爾湊一個塞克頭爾	*n.*
電器用品部	Elektrogerätesektor 耶雷托哥瑞特塞克頭爾	*m.*
寢具部	Bettwäschesektor 貝特威靴塞克頭爾	*m.*
鞋子部	Schuhsektor 樞塞克頭爾	*m.*
特賣場	Angebotsmarkt 安哥撥雌馬克特	*m.*

孕婦用品	Schwangerschaftartikel	*pl.*
	許萬個爾夏夫特阿剔克	

足球	Fußball 負思巴爾	*m.*
籃球	Basketball 巴思踢巴爾	*m.*
排球	Volleyball 否雷巴爾	*m.*
桌球（乒乓球）	Tischtennis 踢許添你思	*n.*
羽毛球	Federball 費的爾巴爾	*m.*
棒球	Baseball 巴思巴爾	*m.*
網球	Tennis 天逆思	*n.*
保齡球	Bowling 撥玲	*n.*
高爾夫球	Golf 狗夫	*m.*
跳舞	tanzen 湯琛	*m.*
唱歌	singen 新跟	*v.*

游泳	schwimmen 許溫們	v.
溜冰	Schlittschuhlaufen 許歷特殊撈分	n.
滑雪	Schilauf 許撈夫	m.
跳遠	Weitsprung 外特許撲翁	m.
跳高	Hochsprung 後賀許撲翁	m.
舉重	Gewichtheben 哥威希特黑本	n.
柔道	Jiu-Jitsu 糾 機庇	n.
空手道	Karate 咖拉特	n.
跆拳道	Aikido 埃踢兜	n.
潛水	tauchen 濤亨	v.
衝浪	Wellenreiten 威稜賴騰	n.
登山	Bergsteigen 貝爾個許胎跟	n.
釣魚	angeln 安哥爾	v.
露營	Camping 坎平	n.

| 野餐 | Picknick | *n.* |
| | 批客逆客 | |

| 烤肉 | Grill | *m.* |
| | 哥麗爾 | |

| 打獵 | Jagd | *f.* |
| | 押個特 | |

| 攀岩 | Klettern | *n.* |
| | 客類特爾 | |

| 騎馬 | reiten | *v.* |
| | 賴騰 | |

| 賽車 | Autorennen | *n.* |
| | 凹投瑞呢 | |

| 跑步 | laufen | *v.* |
| | 撈分 | |

| 馬拉松 | Marathonlauf | *m.* |
| | 媽拉通撈夫 | |

❸ 看表演

die Aufführung anschauen

低 四夫佛淤翁 安蕭恩

MP3-62

| 後排座位 | Hintersitz | *m.* |
| | 新特爾日雌 | |

| 前排座位 | Vordersitz | *m.* |
| | 否的爾日雌 | |

| 開始 | Anfang | *m.* |
| | 安放 | |

| 結束 | Ende | *n.* |
| | 恩的 | |

入口	Eingang	*m.*
	埃剛	
出口	Ausgang	*m.*
	凹思剛	
入場券	Eintrittskarte	*f.*
	埃特例雌卡爾特	
滿座	voll besetzt	*adj.*
	佛 被色雌特	
預約	Reservierung	*f.*
	瑞色威翁	
一張票	eine Karte	*f.*
	埃呢 卡爾特	
舞蹈表演	Tanzaufführung	*f.*
	湯雌奧夫否淤翁	
演唱會	Gesangaufführung	*f.*
	哥喪奧夫佛淤翁	
音樂會	Konzert	*n.*
	空撤爾特	
歌劇	Oper	*f.*
	歐破爾	
鋼琴表演	Klavierspiel	*n.*
	克拉威爾許關爾	
小提琴表演	Geigenspiel	*n.*
	該跟許關爾	
吉他表演	Gitarrenspiel	*n.*
	吉他恩許關爾	
芭蕾舞表演	Ballettaufführung	*f.*
	把類奧夫佛淤翁克	

舞台	Bühne 部淤呢	*f.*
馬戲團	Zirkus 欺爾庫思	*m.*

❹ 看電影
ins Kino gehen
因思 踢嗰 給恩

MP3-63

排隊	anstehen 安需貼恩	*v.*
買票	die Karte kaufen 低 卡爾特 考分	
預售票	Vorverkaufkarte 佛費爾考夫卡爾特	*f.*
首映	Erstaufführung 耶爾斯特奧夫佛淤翁	*f.*
上映	vorführen 佛淤恩	*v.*
一部電影	ein Film 埃 費姆	*m.*
好看	gut gesehen 故特 個色恩	*adj.*
不好看	nicht gut gesehen 逆希特 故特 個色恩	*adj.*
很有名	sehr berühmt 色爾 被入淤姆特	*adj.*
金像獎	Oscar 歐斯卡	*f.*

坎城影展	Filmfestspiele Cannes 費姆費思特許丕了 咖呢思	*f.*
恐怖片	Horrorfilm 侯肉費姆	*m.*
文藝愛情片	Liebesfilm 哩被思費姆	*m.*
動作片	Aktionfilm 阿克瓊費姆	*m*
記錄片	Dokumentarfilm 兜庫妹他爾費姆	*m.*
首映會	Erstaufführung 耶爾斯特奧夫佛淤恩	*f.*
招待券	Ehrenkarte 耶恩卡爾特	*f.*
女主角	Hauptdarstellerin 號撲特搭許貼了林	*f.*
男主角	Hauptdarsteller 號撲特搭許貼了爾	*m.*
學生票	Studentenkarte 許督電騰卡爾特	*f.*
成人	Erwachsene 耶爾挖克森呢	*m./f.*
兒童	Kind 親的	*m.*
打折券	Rabattkarte 拉巴特卡爾特	*f.*
優待券	Sonderkarte 松的爾卡爾特	*f.*

對號入座	den nummerierten Platz einnehmen	
	電 努麼力爾騰 撲拉雌 埃內們	
禁煙區	Rauchverbotzone	*f.*
	繞賀費爾撥特抽呢	
吸煙區	Raucherzone	*f.*
	繞賀爾抽呢	
帶食物	das Essen bringen	
	打思 耶森 部林根	
進去	hineingehen	*v.*
	新埃給恩	

⑤ 書店買書
in der Buchhandlung das Buch kaufen
因 逮爾 布赫漢的籠 打斯 布赫 考分　　　MP3-64

小說	Roman	*m.*
	肉曼	
文學小說	Literaturroman	*m.*
	哩特拉兔耳肉曼	
羅曼史小說	romantischer Roman	*m.*
	肉曼踢雪爾 肉曼	
傳記	Biographie	*f.*
	逼歐括費	
漫畫	Karikatur	*f.*
	咖力卡兔爾	
報紙	Zeitung	*f.*
	猜通	
雜誌	Zeitschrift	*f.*
	猜特許立夫特	

週刊	Wochenzeitschrift 窩亨猜特許立夫特	*f.*
服裝雜誌	Modezeitschrift 某的猜特許立夫特	*f.*
八卦雜誌	Unterhaltungsmagazin 溫特爾哈同司馬嘎親	*f.*
教科書	Lehrbuch 類爾部賀	*n.*
工具書	Nachschlagewerk 那賀許拉跟委爾克	*n.*
參考書	Nachschlagewerk 那賀許拉跟委爾克	*n.*
字典	Wörterbuch 窩淤特爾部賀	*n.*
暢銷書	Bestseller 貝斯特塞了	*m.*
米其林美食指南	Gault Millau 法文	*m.*
旅遊指南	Reiseführer 賴色佛淤爾	*n.*
圖書禮券	Büchergutschein 部淤薛故特巷恩	*m.*
地圖	Landkarte 蘭的卡爾特	*f.*
訂購單	Bestellschein 被許貼爾巷恩	*m.*
圖書目錄	Bücherkatalog 部淤薛卡他摟個	*m.*

打折價格	Rabattpreis 拉巴特撲賴思	*m.*
退貨	die Waren zurückgeben 低 挖恩 處率客給本	
更換	Austausch 奧斯濤許	*m.*
錢不夠	nicht genug Geld haben 逆希特 哥怒個 給爾的 哈本	
計算錯誤	verrechnen 費爾瑞西呢	*v.*
弄錯	verwechseln 費爾威客色	*v.*

❻ 租錄影帶

Videokassettenverleih
威逮歐卡塞騰費爾賴

MP3-65

身份證件	Personalausweis 配松納奧斯外思	*m.*
會員卡	Mitgliedskarte 米特葛莉雌卡爾特	*f.*
錄影帶	Videokassette 威逮歐卡塞特	*f.*
入會費	Eintrittsgebühr 埃特例特哥部淤爾	*f.*
申請表	Antragformular 安禿拉個佛穆拉爾	*n.*
填寫	ausfüllen 奧司副淤稜	*v.*

姓名	Name 那們	m.
地址	Adresse 阿的瑞色	f.
駕照	Führerschein 否淤爾巷恩	m.
期限	Frist 福利思特	f.
退還	zurückgeben 促率客給本	v.
最近	in der letzten Zeit 因 逮爾 雷雌騰 蔡特	
排行榜	Anschlagtafel 安許拉個他佛	f.
洋片	Westfilm 威斯特費姆	m.

學校篇
Schule
書了

❶ 上學		
zur Schule gehen 促爾 書了 給恩		**MP3-66**

| 幼稚園 | Kindergarten 親的爾嘎騰 | m. |

小學	Grundschule	f.
	古輪的書了	
中學	Mittelschule	f.
	米特書了	
高中	Oberschule	f.
	歐伯爾書了	
大學	Universität	f.
	屋逆否思鐵特	
研究所	Aufbaustudium	n.
	奧夫包許督低翁	
碩士	Magister	m.
	馬機思特爾	
博士	Doktor	m.
	兜客偷爾	
校長	Rektor	m.
	瑞克偷爾	
教授	Professor	m.
	波費叟爾	
助教	Assistent	m.
	阿西絲天特	
講師	Dozent	m.
	抖欠特	
老師	Lehrer	m.
	類爾	
同學	Schulkamerad	m.
	書爾卡麼拉的	
學生	Schüler	m.
	書淤了爾	

班長	Klassensprecher	*m.*
	克拉森許配些爾	
副班長	Vizeklassensprecher	*m.*
	威車克拉森許配些爾	
幹部	Kader	*m.*
	卡的爾	
童子軍	Pfadfinder	*m.*
	發的ㄅ的爾	
科系	Studienfach	*n.*
	許督低恩法賀	
主修	Hauptfach	*n.*
	號撲特法賀	
英語	Englisch	*n.*
	恩個哩西	
德語	deutsche Sprache	*n.*
	都依缺 許帕赫	
法語	französische Sprache	*n.*
	夫蘭抽日薛 許帕赫	
中文	chinesische Sprache	*n.*
	西內日許薛 許帕赫	
日語	japanische Sprache	*n.*
	押盤逆薛 許帕赫	
數學課	Mathematikunterricht	*m.*
	馬特馬替客溫特瑞希特	
英語課	Englischunterricht	*m.*
	恩個哩西溫特瑞希特	
社會課	Sozialkundeunterricht	*m.*
	搜欺阿坤的溫特瑞希特	

自然課	Naturwissenschaft 那兔爾威森下夫特	*m.*
美術課	Kunstunterricht 崑思特溫特瑞希特	*m.*
音樂課	Musikunterricht 幕日客溫特瑞希特	*m.*
體育課	Sportunterricht 許破特溫特瑞希特	*m.*
電腦課	Computerunterricht 空撲特爾溫特瑞希特	*m.*
勞作課	Handwerkunterricht 漢的威爾克溫特瑞希特	*m.*
朝會	Tagesgespräch 他哥斯哥許配賀	*n.*
升旗典禮	Zeremonie beim Fahnenhissen 蔡爾某逆 百姆 發呢西森	*f.*
早自習	Selbststudium am Vormittag 塞爾伯思特許督低翁 安姆 否米他個	*n.*
上課	zum Unterricht gehen 促姆 溫特例希特 給恩	
下課	Unterrichtschluß 溫特例希特許鷥鷥	*m.*
午休	Mittagspause 米他個思拋色	*f.*
打掃	aufräumen 奧夫肉依們	*v.*
放學	Schulende 書爾恩的	*n.*

課本	Lehrbuch 類爾部賀	n.
筆記本	Notizbuch 嗯踢雌部賀	n.
回家作業	Hausaufgaben 號思奧夫嘎本	pl.
比賽	Wettkampf 爲特抗夫	m.
整潔比賽	Aufräumen-Spiel 奧夫肉一們斯 許闖爾	m.
作文比賽	Aufsatzspiel 奧夫薩雌許闖爾	n.
演講比賽	Redespiel 瑞的許闖爾	n.
園遊會	Gartenparty 嘎藤啪踢	f.
運動會	Sportveranstaltung 許破特費爾安許他同	f.
社團	Verband 費爾辦的	m.
暑假	Sommerferien 送麼爾費聯	pl.
寒假	Winterferien 溫特爾費聯	pl.
看書	das Buch lesen 打思 部賀 類森	
考試	Prüfung 僕率峰	f./n.

② 校園
Campus
刊舖思

校長室	Rektorzimmer 瑞克偷親們	n.
教師室	Lehrerzimmer 類爾親門爾	n.
輔導室	Beratungsraum 被拉同思烙姆	m.
教室	Klassenzimmer 克拉森親麼爾	n.
黑板	Tafel 他佛	f.
白板	weiße Tafel 外色　他佛	f.
板擦	Schwamm 許萬姆	m.
粉筆	Kreide 客賴的	f.
白板筆	Tafelstift 他佛許踢夫特	m.
講台	Rednerbühne 瑞的呢部淤呢	f.
講桌	Rednertisch 瑞的呢踢許	m.
電腦教室	Computerzimmer 空撲特爾欽麼	n.

主機	Rechner 瑞西呢爾	*n.*
伺服器	Server 色否爾	*m.*
螢幕	Bildschirm 逼爾的遜姆	*m.*
滑鼠	Maus 茂思	*f.*
滑鼠墊	Mauspad 茂思怕的	*m.*
鍵盤	Tastatur 他思他兔爾	*m.*
喇叭	Lautsprecher 勞特許配薛	*m.*
印表機	Drucker 督克爾	*n.*
掃瞄機	Scanner 思刊呢爾	*n.*
數據機	Modem 某電姆	*f.*
網路	Netwerk 內特為爾克	*n.*
網站	Website 為伯塞特	*f.*
入口網站	Portal 波踏	*n.*
搜尋	durchsuchen/surfen 督許素亨/速爾分	*v.*

病毒	Virus 威速思	n.
中毒	Virus haben 威速思 哈本	
電子郵件	Email 依妹爾	n.
磁片	Diskette 地思凱特	f.
光碟片	Kompaktplatte 空帕克特撲拉特	f.
軟體	Software 叟夫特為夫	f.
線上遊戲	Online Spiel 安賴恩 許闢爾	n.
實驗室	Labor 辣撥爾	n.
禮堂	Aula 奧拉	f.
圖書館	Bibliothek 逼逼哩歐鐵客	f.
閱讀區	Lesesaal 類色薩爾	m.
借書區	Ausgabe in der Bibliothek 奧斯嘎伯 因 逮爾 逼逼哩歐鐵客	f.
視聽教室	Video- und Audioraum 威低歐 溫的 凹低歐思烙姆	m.
借書證	Bibliotheksausweis 逼逼哩歐鐵客思奧斯外思	m.

外借	verleihen	v.
	費爾賴恩	
歸還	zurückgeben	v.
	促入淤客給本	
逾期	überfällig	adj.
	淤伯爾費哩西	
警衛室	Wachstube	f.
	襪賀許督伯	
福利社	Studentenladen	m.
	許督電藤拉登	
餐廳	Mensa	f.
	妹薩	
體育場	Stadion	n.
	許他低翁	
操場	Sportplatz	m.
	許破特撲拉雌	
溜滑梯	Rutschbahn	f.
	入區班恩	
宿舍	Studentenheim	n.
	許督電騰海姆	
涼亭	Pavillon	m.
	帕威龍	
公佈欄	Plakat	m.
	撲拉喀特	
走廊	Korridor	m.
	摳瑞抖	
走道	Durchgang	m.
	督許岡	

PART 10

上班篇
zur Arbeit gehen
促爾 阿百特 給恩

董事長	Präsident 普雷日電特	m.
總經理	Geschäftsführer 哥削夫雌否淤爾	m.
經理	Abteilungsleiter 阿伯來同思萊特爾	m.
廠長	Fabrikleiter 法部立刻萊特爾	m.
課長	Unterabteilungsleiter 溫特爾阿伯來同思萊特爾	m.
主任	Direktor 地瑞克偷	m.
組長	Vorarbeiter 佛阿百特爾	m.
同事	Mitarbeiter 米特阿百特爾	m.
職員	Angestellte 安哥許鐵特	m./f.

秘書	Sekretärin 色魁鐵林	*f.*
總機	Fernsprechzentrale 費恩許配賀簽禿阿了	*f.*
業務部	Geschäftsabteilung 哥削夫雌阿伯台隆	*f.*
企畫部	Planungsabteilung 撲蘭農思阿伯台隆	*f*
會計部	Finanzabteilung 費難雌阿伯台隆	*f.*
行銷部	Marketingabteilung 馬克停阿伯台隆	*f.*
公關部	Öffentlichkeitsarbeits abteilung 淤芬特哩希凱特阿伯台隆	*f.*
研究開發部	Forschung- und Entwicklungsabteilung 佛雄 溫的 恩特威客隆思阿伯台隆	*f.*
名片	Visitenkarte 法部立刻	*f.*
工廠	Farbrik 法伯立刻	*f.*
倉庫	Lager 拉哥爾	*m.*
生意	Geschäft 哥削夫特	*n.*
門市	Laden 拉登	*m.*

❷ 工作環境
Arbeitsumgebung
阿百雌溫給崩

辦公室	Büro 波淤若	*n.*
會議室	Konferenzzimmer 空佛練雌親們爾	*n.*
會客室	Konferenzraum 空佛瑞雌親們爾	*n.*
茶水間	Getränkestand 哥天克許淡的	*m.*
休息室	Ruheraum 入爾烙姆	*m.*
影印室	Kopierraum 口關爾烙姆	*m.*
影印機	Kopiermachine 口關爾馬須呢	*f.*
傳真機	Faxgerät 法克斯哥瑞特	*n.*
碎紙機	Papiervernichter 怕關爾費爾逆希特	*m.*
上班	zur Arbeit gehen 促爾 阿百特 給恩	
下班	Feierabend machen 費爾阿本的 媽亨	
準時	pünktlich 撲恩克特哩析	*adj.*

遲到	verspätet	*adj.*
	費爾許佩帖特	

開會	an einer Versammlung teilnehmen	
	安 埃呢 費爾散姆龍 胎內們	

拜訪客戶	Kundenbesuch	*m.*
	坤登被素赫	

打報表	statische Aufstellung	*f.*
	許他賜雪 奧大許貼隆	

算帳	Buch führen	
	布赫 佛淤恩	

❸ 職業
Beruf
被入夫

MP3-70

公司職員	Büroangestellte	*m./f.*
	伯淤若安哥許貼特	

翻譯	übersetzen	*v.*
	淤伯爾賽稱	

女店員	Verkäuferin	*f.*
	費爾口衣佛爾	

司機	Fahrer	*m.*
	法爾	

律師	Rechtanwalt	*m.*
	瑞希特安瓦特	

法官	Richter	*m.*
	瑞希特	

檢察官	Staatanwalt	*m.*
	許塔特安瓦特	

警察	Polizist 波哩七絲特	*m.*
消防隊員	Feuerwehrmann 佛伊魏爾曼	*m.*
軍人	Soldat 叟打特	*m.*
醫生	Arzt 阿雌特	*m.*
女護士	Krankenschwester 框肯許衛斯特	*f.*
藥劑師	Pharmazeut 法碼湊伊特	*m.*
郵差	Briefträger 不哩夫特瑞個爾	*m.*
導遊	Reiseführer 來色佛淤爾	*m.*
空服員	Flugbegleiter 福祿個被葛萊特爾	*m.*
記者	Journalist 久納利斯特	*m.*
作家	Autor 拗頭爾	*m.*
畫家	Maler 瑪了爾	*m.*
廚師	Koch 扣赫	*m.*
餐廳服務員	Ober 歐伯爾	*m.*

推銷員	Vertreter 費爾特瑞特爾	*m.*
美容師	Kosmetiker 口斯妹踢客爾	*m.*
工程師	Ingenieur 音節嗯伊爾	*m.*
建築師	Architekt 阿西鐵克特	*m.*
會計師	Buchhalter 布赫哈特爾	*m.*
模特兒	Modell 某戴爾	*n.*
服裝設計師	Modezeichner 謀得蔡西呢爾	*m.*
理髮師	Friseur 費宿伊爾	*m.*
公務員	Beamte 被安姆特	*m./f.*
教士	Pater 啪特爾	*m.*
修女	Nonne 嗯呢	*f.*
工人	Arbeiter 阿百特爾	*m.*
商人	Kaufmann 考夫曼	*m.*
農夫	Bauer 包爾	*m.*

耕田	pflügen 夫呂根	*v.*
打獵	jagen 壓根	*v.*
漁夫	Fischer 費雪爾	*m.*
救生員	Rettungsschwimmer 瑞通私許溫麼爾	*m.*
家庭主婦	Hausfrau 豪斯夫烙	*f.*

商貿篇
Geschäft und Handel
個削夫特 溫的 漢的

❶ 商業機構		
Handelsorganisation		
漢的思歐嘎逆薩瓊		MP3-71

工廠	Fabrik 法部立客	*f.*
辦公大樓	Bürogebäude 撥淤肉哥撥伊德	*n.*
百貨公司	Warenhaus 瓦恩號斯	*n.*
超級市場	Supermarkt 速波爾馬克特	*m.*

市場	Markt 馬克特	*m.*
大型購物中心	Megastore 妹嘎絲偷爾	*m.*
出版社	Verlag 費爾拉個	*m.*
雜誌部	Zeitschriftenabteilung 蔡特許夫藤阿伯台龍	*f*
編輯部	Redaktion 瑞搭克瓊	*f.*
業務部	Geschäftsabteilung 哥削夫雌阿伯台隆	*f.*
企劃部	Planungsabteilung 撲蘭農思阿伯台隆	*f.*
會計部	Finanzabteilung 費難雌阿伯台隆	*f.*
行銷部	Marketingabteilung 馬克停阿伯台隆	*f.*
公關部	Öffentlichkeitsarbeits abteilung 淤芬特哩希凱特阿伯台隆	*f.*
商店	Laden 拉登	*m.*
攤販	Straßenverkäufer 許特拉森費爾摳伊佛爾	*m.*

❷ 預約會面
ein Treffen vereinbaren
埃 特瑞分 費埃巴恩

拜訪	Besuch 被褥赫	*m.*
名片	Namenskarte/Visitenkarte 那們斯卡爾特/威日藤卡爾特	*f.*
開會	an einer Versammlung teilnehmen 安 埃呢爾 費爾讓姆龍 泰內們	
業務	Geschäft 哥削夫特	*n.*
合作	zusammenarbeiten 促薩們阿百特	*v.*
簽約	einen Vertrag abschließen 埃呢 費爾特拉個 阿伯許哩森	
市場調查	Marktforschung 馬克特佛雄	*f.*
提案	Antrag 安特拉個	*m.*
發表會	Veröffentlichkeit 費爾淤芬特哩雄	*f.*
做簡報	ein Referat abhalten 埃 瑞費辣特 阿伯哈藤	
客人	Gast 嘎斯特	*m.*
外國人	Ausländer 奧斯連的爾	*n.*

有空	frei 福賴	*adj.*
沒有空	nicht frei 逆希特 福賴	*adj.*
聊天	sich unterhalten 日溪 溫特哈藤	*v.*

❸ 洽談生意
über Geschäfte sprechen
淤撥爾 個薛夫特 需沛先

MP3-73

訂購	bestellen 被許鐵稜	*v.*
產品	Produkt 坡度克特	*n.*
客戶	Kunde 昆德	*m.*
價錢	Preis 撲賴斯	*m.*
介紹	vorstellen 佛許鐵稜	*v.*
下訂購單	einen Auftrag erteilen 埃呢 奧夫特拉個 耶爾泰稜	
太貴	zu teuer 促 偷伊爾	*adj.*
成本	Kosten 摳斯騰	*pl.*
利潤	Gewinn 哥問恩	*m.*

銷路	Absatz	*m.*
	阿伯薩雌	

底價	Grundpreis	*m.*
	滾的樸賴斯	

提前交貨	im Voraus liefern	
	因姆 佛奧斯 哩佛爾恩	

準時交貨	pünktlich liefern	*v.*
	噴淤克哩析 哩佛爾恩	

交貨日期	Lieferdatum	*n.*
	哩佛爾搭同姆	

出貨日期	Auslieferungsdatum	*n.*
	奧斯哩佛翁斯搭同姆	

市場價格	Marktpreis	*m.*
	馬克特樸賴斯	

折扣	Skonto	*n.*
	斯空頭	

❹ 社交應酬

gesellschaftlicher Verkehr und Esseneinladung

個塞爾下夫特哩些爾 菲爾凱爾 溫的 耶森埃拉東　MP3-74

職業	Beruf	*m.*
	被褥夫.	

薪水	Gehalt	*n.*
	哥哈特	

打工	tagelöhnern/jobben	*v.*
	他哥嚕淤呢爾恩/酒本	

合股	Kapital zusammenlegen	
	卡闢他 促薩們雷根	

老闆	Geschäftsinhaber	*m.*
	哥削夫雌因哈伯爾	
員工	Angestellte und Arbeiter	*m./f.*
	安哥許貼特 溫的 阿百特爾	
順利	reibungslos	*adj.*
	賴崩斯摟斯	
過得去	erträglich	*adj*
	耶爾推個哩析	
不好	nicht gut	
	尼希特 故特	
熬夜	die ganze Nacht aufbleiben	
	地 甘車 那赫特 奧夫布萊本	
改行	Stellenwechseln	*m.*
	許貼稜未克瑟	
找工作	Arbeit suchen	
	阿百特 素亨	
內行	Kenner	*m.*
	凱呢爾	
虧本	Verluste erleiden	
	費爾路斯特 耶爾來登	
關照	Bemühungen	*pl.*
	被慕扞翁恩	

❺ 打電話
Anrufen
安入分

`MP3-75`

我是~	ich bin~
	依稀 賓

找哪位	Suchen Sie jemanden? 訴亨 日 耶曼登	
等一下	Moment mal! 某面特 馬	
外出	weggehen 未個給恩	*v.*
出差	Geschäftsreise 哥削夫雌賴瑟	*f.*
回來	zurückkommen 促率克空門	*v.*
請假	sich beurlauben lassen 日溪 被烏爾勞本 拉森	
有空	freihaben 福賴哈本	*v.*
沒有空	nicht freihaben 尼希特 福賴哈本	*v.*
開會中	gerade in der Besprechung sein 個拉的 音 逮爾 倍許配熊 塞恩	
吃飯中	gerade beim Essen sein 個拉的 百畝 耶森 塞恩	
總機	Telephonzentrale 貼了峰千特拉了	*f.*
分機	Telefonnebenanschluß 貼了峰內本安許鷺鶿	*m.*
辦公室	Büro 部淤肉	*n.*
沒人接	Niemand geht ans Telefon. 尼曼的 給特 安斯 貼了峰	

PART 12

日常生活篇
Alltagsleben
阿他個思雷本

---

❶ 在理髮店
im Frisiersalon
因姆 費日爾薩隆

MP3-76

髮型	Haarmode 哈爾某的	*f.*
照以前一樣	wie immer 威 音麼爾	
稍微剪短一些	das Haar etwas kurzer schneiden 打斯 哈爾 耶特瓦斯 庫爾徹爾 許奈登	
短髮	kurzes Haar 庫爾徹斯 哈爾	*n.*
長髮	langes Haar 朗爾斯 哈爾	*n.*
黑髮	schwarzes Haar 許挖車斯 哈爾	*n.*
金髮	blondes Haar 布隆的思 哈爾	*n.*
染髮	Haarfarbe 哈爾法伯	
燙髮	Dauerwelle 刀爾位了	*f.*
離子燙	Haarglättung 哈爾葛雷同	*f.*

| 陶瓷燙 | Dauerwelle für keramische Folien *f.* |
| | 刀爾位了 否淤 可拉米薛 否連 |

| 大卷 | große Haarlocke *f.* |
| | 葛露色 哈爾攫克 |

| 小卷 | kleine Haarlocke *f.* |
| | 克萊呢 哈爾攫克 |

| 髮質 | Haarqualität *f.* |
| | 哈爾庫瓦哩帖 |

| 護髮 | Haarpflege *f.* |
| | 哈爾費雷哥 |

| 時髦 | schick *adj.* |
| | 續克 |

| 流行 | populär *adj.* |
| | 波撲雷爾 |

| 復古 | zurück zum Alten |
| | 促率克 促姆 阿藤 |

| 中分 | das Haar in der Mitte scheiteln |
| | 打斯 哈爾 音逮爾 米特 夏特爾 |

| 側分 | das Haar seitlich fallen lassen |
| | 打斯 哈爾 塞特哩析 法稜 拉森 |

| 瀏海 | Pony *m.* |
| | 波尼 |

| 齊眉 | die Augenbraue zurechtstutzen |
| | 地 凹跟步潯 促瑞希特許突稱 |

| 弄齊 | zurechtstutzen *v.* |
| | 促瑞希特許突稱 |

| 打薄 | das Haar dünn schneiden |
| | 打斯 哈爾 的淤恩 許奈登 |

刮鬍子	sich den Bart rasieren 日溪 電 巴爾特 拉西恩	
修指甲	den Nagel schneiden 點 那哥爾 許奈登	
厚	dick 蒂克	*adj.*
薄	dünn 的淤恩	*adj.*
輕	leicht 賴溪特	*adj.*
重	schwer 許魏爾	*adj.*

❷ 美容院
Beautysalon
逼優踢薩隆

MP3-77

皮膚保養	Hautpflege 號特費雷哥	*f.*
做臉	das Gesicht pflegen 打斯 哥日西特 費雷根	
膚質	Hautqualität 號特庫挖哩鐵特	*f.*
乾性	trocken 特洛肯	*adj.*
中性	normal 嗯媽爾	*adj,*
油性	fettig 費踢希	*adj.*

混合性	gemischt 哥米許特	*adj.*
面膜	Gesichtsmaske 哥日吸雌媽斯克	*f.*
清潔	säubern 搜衣伯爾	*v.*
修眉	die Augenbraue rasieren 地 奧跟步撈 拉西恩	
按摩	massieren 媽斯伊恩	*v.*
去斑	den Hautfleck entfernen 點 號特福雷克 恩特凡爾呢	
去皺紋	die Hautfalte abheben 號特法爾特 阿伯黑本	
有彈性	geschmeidig 哥許賣低希	*adj.*
深層呵護	tief besorgt 踢夫 被搜個特	
容光煥發	frisch und gesund aussehen 費許 溫的 哥潠的 奧斯塞恩	
變漂亮了	schön geworden sein 遜 個渦登 塞恩	

❸ 郵局
Post
破斯特

MP3-78

信封	Umschlag 溫母許拉個	*m.*

168

信紙	Schreibpapier 許來伯怕批爾	n.
郵票	Briefmarke 布利夫馬爾克	f.
明信片	Postkarte 破斯特卡爾特	f.
卡片	Karte 卡爾特	f.
普通郵件	normale Post 嗕碼了 破斯特	f.
航空郵件	Luftpost 路夫特破斯特	f.
掛號信	eingeschriebene Post 哀個許莉被呢 破斯特	f.
包裹	Paket 怕凱特	f.
印刷品	Drucksache 杜魯克薩赫	f.
郵戳	Poststempel 破斯特許天破	m.
蓋圖章	abstempeln 阿伯許天破	v.
郵遞區號	Postleitzahl 破斯特賴特擦爾	f.
簽名	unterzeichnen 溫特猜西呢	v.
地址	Adresse 阿的雷瑟	f.

回郵信封	frankierter Rückumschlag	m.
	芙蘭踢爾特爾 入淤克溫母許拉個	
郵資	Porto	n.
	破耳偷	
稱重	wiegen	v.
	威根	
收信人	Empfänger	m.
	恩波分個餌	
寄信人	Absender	m.
	阿伯散的餌	
傳真	Fax	n.
	法克斯	
郵政匯款	Postüberweisung	f.
	破斯特淤伯外鬆	
電報	Telegramm	m.
	貼了瓜姆	

④ 去銀行
zur Bank gehen
促爾 班客 給恩

MP3-79

帳戶	Konto	n.
	空頭	
存摺	Kontobuch	n.
	空頭部赫	
存錢	Geldeinlage	f.
	給爾的埃拉哥	
活期存款	laufende Einlage	f.
	撈分的 埃拉哥	

定期存款	Termineinlage 貼米呢埃拉哥	*f.*
利息	Zins 沁斯	*m.*
領錢	Geld abheben 給爾的 阿伯黑本	
換錢	Geld wechseln 給爾的 未克瑟	
外幣兌換率	Wechselkurs 未克瑟庫爾斯	*m.*
支票	Scheck 削克	*m.*
現金	Bargeld 把爾給爾的	*n.*
硬幣	Münze 幕淤車	*f.*
紙鈔	Schein 摔恩	*m.*
零錢	Wechselgeld 未克瑟給爾的	*n.*
歐元	Euro 優弱	*m.*
美金	US-Dollar 屋ㄟ思-兜拉	*m.*
日圓	Yen 彥恩	*m.*
台幣	NT-Dollar 恩踢 兜拉	*m.*

| 人民幣 | Renminbi (RMB) | |
| | 人民幣 | |

| 利率 | Zinssatz | |
| | 沁斯卅雌 | |

⑤ 租房子
Zimmer mieten
親麼 米藤

| 租金 | Miete | *f.* |
| | 米特 | |

| 仲介 | vermitteln | *v.* |
| | 費爾米特 | |

| 房屋仲介商 | Wohnungsvermitteler | *m.* |
| | 窩農斯費爾米特了爾 | |

| 手續費 | Bearbeitungsgebühr | *f.* |
| | 被阿百同斯哥部淤爾 | |

| 房東 | Vermieter | *m.* |
| | 費爾米特爾 | |

| 房客 | Mieter | *m.* |
| | 米特爾 | |

| 出租 | vermieten | *v.* |
| | 費爾米藤 | |

| 合租 | gemeinsam mieten | *v.* |
| | 個賣散姆 米藤 | |

| 押金 | Kaution | *f.* |
| | 考窮 | |

| 水電費 | Wasser- und Stromgeld | *n.* |
| | 挖瑟爾 溫的 許通母給爾的 | |

| 清潔費 | Reinigungsgeld | n. |
| | 來逆公司給爾的 | |

| 停車位 | Parkplatz | m. |
| | 帕克撲拉雌 | |

| 套房 | Appartment | n. |
| | 阿帕特門特 | |

| 雅房 | Zimmer ohne Bad und WC | n. |
| | 親麼爾 歐呢 巴的 溫的 WC | |

| 公寓 | Wohnung | f. |
| | 窩農 | |

| 齊全 | komplett ausgestattet | adj. |
| | 空撲雷特 奧斯哥許他鐵特 | |

| 舒適 | bequem | adj. |
| | 被庫位姆 | |

| 做飯 | Essen kochen | |
| | 耶森 口哼 | |

⑥ 修理
Reparatur
瑞怕拉兔爾

MP3-81

| 壞掉 | kaputt | adj. |
| | 卡舖特 | |

| 遺失 | verlieren | v. |
| | 費爾哩恩 | |

| 修理一下 | mal repariert werden | |
| | 馬 瑞怕力爾特 未爾登 | |

| 更換 | austauschen | v. |
| | 奧斯濤宣 | |

零件	Ersatzteil 耶爾薩雌泰爾	*n.*
急用	dringendes Bedürfnis 的林根的思 被督淤夫逆斯	*n.*
保固期	Garantiezeit 嘎蘭替蔡特	*f.*
取貨日期	Abholszeit 阿伯侯司蔡特	*f.*
費用	Gebühr 哥部瘀爾	*f.*

PART 13

人際互動篇
Menschliche Interaktivität
妹勳哩些 音特阿克特踢位鐵特

❶ 家族
Familie und Verwandtschaft
法米哩 溫的 費爾萬的下夫特

MP3-82

爺爺	Großvater 葛肉絲法特爾	*m.*
奶奶	Großmutter 葛肉絲姆特爾	*f.*
外公	Großvater 葛肉絲法特爾	*m.*
外婆	Großmutter 葛肉絲姆特爾	*f.*

爸爸	Vater 法特爾	*m.*
媽媽	Mutter 姆特爾	*f.*
伯父	Onkel 翁克爾	*m.*
伯母	Tante 湯特	*f.*
叔叔	Onkel 翁克爾	*m.*
嬸嬸	Tante 湯特	*f.*
姑母	Tante 姑母	*f.*
姑丈	Onkel 翁克爾	*m.*
姐姐	die ältere Schwester 地 耶爾特爾 許衛斯特爾	*f.*
妹妹	die jüngere Schwester 地 庸淤哥爾 許衛斯特爾	*f.*
哥哥	der ältere Bruder 逮爾 耶爾特爾 部路的爾	*m.*
弟弟	der jüngere Bruder 逮爾 庸淤哥爾 部路的爾	*m.*
堂哥	Vetter 費特爾	*m.*
堂妹	Kusine 酷西呢	*f.*

表妹	Kusine 酷西呢	*f.*
兒子	Sohn 宋	*m.*
女兒	Tochter 偷赫特爾	*f.*
孫子	Enkel 恩克爾	*m.*
孫女	Enkelin 恩克林	*f.*
親戚	Verwandte 費爾萬的特	*m./f.*
家庭	Familie 法米哩	*f.*
夫妻	Ehepaar 耶爾帕爾	*n.*
小孩	Kind 欽的	*n.*
長男	der älteste Sohn 逮爾 耶爾特斯特 宋	*m.*
長女	die älteste Tochter 地 耶爾特斯特 偷赫特爾	*f.*
次男	der zweiälteste Sohn 達爾 雌外特耶爾特斯特 宋	*m.*
次女	die zweitälteste Tochter 地 雌外特耶爾特斯特 偷赫特爾	*f.*
老大	das älteste Kind 打斯 耶爾特斯特 欽的	*n.*

老么	das jüngste Kind 打斯 庸淤個斯特 欽的	*n.*
獨生子	einziger Sohn 埃欺歌爾 宋	*m.*
獨生女	einzige Tochter 埃欺歌 偷赫特爾	*f.*

❷ 情緒
StImmung
需踢矇

喜歡	gern(e) 港呢	*adj.*
高興	fröhlich 佛瘀哩希	*adj.*
幸福	Glück 葛率克	*n.*
期待	erwarten 耶爾挖藤	*v.*
興奮	aufregen 奧夫瑞根	*v.*
想念	vermissen 費爾米森	*v.*
想家	Heimweh 海姆位	*n.*
生氣	böse 伯淤色	*adj.*
討厭	nicht mögen 逆希特 幕淤根	*v.*

恨	hassen	v.
	哈森	

嫉妒	eifersüchtig	adj.
	哀佛爾入淤西踢析	

羨慕	beneiden	v.
	被耐登	

緊張	nervös	adj.
	呢佛斯	

傷心	betrübt	adj.
	被退淤伯特	

憂鬱	traurig	adj.
	濤瑞西	

煩惱	besorgt	adj.
	被叟個特	

壓力	Stress	m.
	許特瑞絲	

疼愛	lieben und verwöhnen	v.
	哩本 穩的 費爾溫淤呢	

倒霉	Pech haben	
	配西 哈本	

後悔	bedauern	v.
	被刀恩	

不甘心	unwillig	adj.
	溫威哩析	

害羞	scheu	adj.
	修伊	

難過	Bedauern	n.
	被叨爾恩	

驚訝	Erstaunen 耶爾需濤呢	n.
疲倦	müde 幕淤德	adj.
害怕	ängstlich 安個斯特哩西	adj.
歡笑	lächerlich 雷些哩西	adj.
哭	weinen 外呢	v.
膽小	feig 費個	adj.
丟臉	schämenäsich 宣們	v.
噁心	übel 淤伯	adj.
肚子餓	hungrig 混個歷西	adj.
吃飽	satt 薩特	adj.
口渴	durstig 督爾斯踢西	adj.

❸ 外表
Aussehen
凹思塞恩

MP3-84

高	groß 後賀	adj.

矮	niedrig 逆的麗西	*adj.*
胖	fett 費特	*adj.*
瘦	schmal 需罵爾	*adj.*
可愛	lieblich 哩玻利西	*adj.*
美麗（漂亮）	schön 訊恩	*adj.*
英俊（帥）	hübsch 戶淤撥需	*adj.*
普通	normal 嗕罵	*adj.*
健壯	stark 需大客	*adj.*
體弱	schwach 需襪賀	*adj.*
身高	Körpergröße 摳淤波個淤塞	*f.*
體重	Gewicht 個威希特	*n.*
三圍	drei Größen 的瀨 哥率色	*pl.*
長頭髮	langes Haar 蘭哥司 哈爾	*n.*
直頭髮	glattes Haar 葛拉特 哈爾	*n.*

捲頭髮	lockiges Haar 摟踢個絲 哈爾	*n.*
光頭	Glatzkopf 葛拉雌摳夫	*m.*
禿頭	Kahlkopf 卡爾摳夫	*m.*
黑頭髮	schwarzes Haar 許瓦雌 哈爾	*n*
白頭髮	weißes Haar 外瑟斯 哈爾	*n.*

❹ 身體部位
Körperbestandteile
客淤破撥需當的胎了

頭	Kopf 摳夫	*m.*
臉	Gesicht 個日希特	*n.*
臉頰	Wange 萬個	*f.*
額頭	Stirn 需踢恩	*f.*
頭頂	Scheitel 摔特爾	*m.*
頭髮	Haar 哈爾	*n.*
眼睛	Auge 凹跟	*n.*

鼻子	Nase 那色	*f.*
眼睫毛	Augenwimper 凹跟溫波爾	*f.*
瞳孔	Pupille 舖批了	*f.*
嘴巴	Mund 幕恩的	*m.*
嘴唇	Lippe 哩波	*f.*
鬍子	Bart 霸特	*m.*
牙齒	Zahn 燦恩	*m.*
舌頭	Zunge 村個	*f.*
下顎	Kinn 客因	*n.*
耳朵	Ohr 歐爾	*n.*
脖子	Hals 哈斯	*m.*
肩膀	Schulter 書特爾	*f.*
手臂	Arm 阿姆m0	*m.*
手肘	Ellbogen 埃爾撥跟	*m.*

手掌	Handfläche 漢的夫雷些	*f.*
手指	Finger 分個爾	*m.*
指甲	Nagel 那個	*m.*
胸	Brust 布斯特	*f.*
乳房	Bruste 布魯斯特	*pl.*
腰	Lende 練的	*f.*
腹部	Bauch 報賀	*m.*
臀部	Gesäß 個塞斯	*n.*
大腿	Oberschenken 歐撥萱肯	*m.*
肌肉	Muskel 穆斯克	*m.*
膝蓋	Knie 可逆	*n.*
小腿	Unterschenkel 溫特萱克爾	*m.*
腳	Fuß 付司	*m.*
腳趾	Zehe 千兒	*f.*

腳踝	Fußgelenk 付司個練客	*n.*
腳跟	Ferse 費爾斯	*f.*
皮膚	Haut 號特	*f.*
肺	Lunge 論恩	*f.*
心臟	Herz 黑爾雌	*n.*

第二部
初學德語基礎會話
[旅遊會話篇]

一、在飛機內

❶ 找座位及進餐

我的座位在哪裡？	Wo ist mein Platz? 窩 衣司特 麥恩 普拉此？
我可以換座位嗎？	Darf ich meinen Platz tauschen? 達夫 衣西 麥任 普拉此 逃生？
我可以換到窗邊座位嗎？	Darf ich am Bullauge sitzen? 達夫 衣西 昂 不了凹格 西森？
我可以把椅子放下嗎？	Darf ich meinen Sitz herunterlassen? 達夫 衣西 麥任內幾此 孩文達 拉森？
請給我雞肉。	Hühnerfleisch, bitte. 非那夫來許, 比特兒.
請給我一杯咖啡。	Einen Kaffee, bitte. 愛冷 咖啡, 比特兒.
請給我一杯水。	Wasser, bitte. 娃沙, 比特兒.
請給我一杯紅葡萄酒。	Rotwein, bitte. 窩特外因, 比特兒.
我要威士忌加水。	Whisky mit Wasser, bitte. 威士忌 米特 娃沙, 比特兒.
請再給我一瓶啤酒。	Noch ein Bier, bitte. 若合 愛因 比阿, 比特兒.

請再給我一些紅茶。	Noch einen Tee, bitte. 若合 愛人 踢，比特兒.
我不要冰塊。	Keinen Eiswürfel, danke. 凱冷 愛司我服，當克.
我吃素。	Ich bin Vegetarier. 衣西 冰 非幾他利阿.

❷ 跟鄰座的乘客聊天　　　　　　　MP3-87

可以抽煙嗎？	Darf ich rauchen? 達夫 衣西 好狠？
您從哪裡來的？	Woher kommen Sie? 窩西牙 叩門 己？
您到哪兒去？	Wohin fliegen Sie? 窩恨 非利跟 己？
你會說英語嗎？	Sprechen Sie Englisch? 洗普黑 己 印格利西？
會一點。	Ein Bisschen. 愛因 比司很.
請說慢一點。	Langsam, bitte. 藍哥山，比特兒.
請再說一遍。	Sagen Sie bitte noch ein Mal. 沙更 己 比特兒 若合 愛因 麻了.
請借過一下。	Verzeihung, darf ich durch? 非拆翁哥，達夫 衣西 都兒西？

什麼時候到？	Wann kommen wir an? 彎 叩門 威阿 安？
現在當地幾點？	Wie spät ist es dort? 威 司貝特 衣司 艾司 豆特？
有什麼電影呢？	Welche Filme habt ihr? 威耳西兒 非麼 哈伯特 底喝？
在哪個頻道？	Welches Programm? 威耳西兒司 波嘎母？
耳機有問題。	Mein Kopfhörer funktioniert nicht. 麥冷 空非合 風此你而特 泥西特.
我不舒服	Ich fühle mich nicht wohl. 衣西 飛了 密西 泥西特 窩兒.
我要毛毯。	Eine Decke, bitte. 愛呢 迪克，比特兒.
有中文報紙嗎？	Gibt es chinesische Zeitungen? 給普特 艾司 西你這蛇 賽洞恩？
有中文雜誌嗎？	Gibt es chinesische Zeitschriften? 給普特 艾司 西你這蛇 賽折餓分？
可以給我免稅品價目表。	Die Duty-free Liste, bitte. 地 丟替 - 夫力 里司特，比特兒.
多少錢？	Wieviel kostet es? 威非耳 扣司特 艾司？

我要這個。	Diese, bitte. 低這，比特兒.
可以刷卡嗎？	Kann ich mit Kreditkarte bezahlen? 看 衣西 米特 克銳底 卡特兒 比叉冷？

二、在機場

❶ 入境手續 MP3-89

這是我的護照。	Hier ist mein Reisepass. 西耳 衣司特 麥冷嗨艾熱怕特.
我來觀光的。	Für Tourismus. 非而 土喝市末市.
我來學日語。	Japanisch lernen. 牙胖了士 娘任.
我來工作的。	Geschäftsreise. 古雪夫此孩這.
我來看朋友。	Freunde sehen. 佛印得特 賊很.
我是觀光客。	Ich gehe auf Besichtigungstour. 衣西 給喝 奧福 比己西共司土兒.
我是學生。	Ich bin Student(in). 衣西 冰 書肚登特（因）.
我是工程師。	Ich bin Ingenieur. 衣西 冰 印幾泥阿.

我預定停留5天。	Ich bleibe fünf Tage. 衣西 不來伯 分夫 踏克.
我預定停留2個月。	Zwei Monate. 慈外 磨那特.
我預定住Inn飯店。	Ich bin im Hotel Inn. 衣西 冰 因母 后特耳 因.
我跟旅行團來的。	Mit einer Reisegruppe. 米特 愛那 害熱勾波.
我一個人來的。	Allein. 阿來印.

❷ 領取行李 MP3-90

哪個行李輸送台？	Auf welchem Gepäckband? 奧福 威耳西母 古配哥班？
我找不到我的行李。	I finde meinen Koffer nicht. 衣西 分呢 麥內 口法 泥西特.
我的手提包是黑的。	Meine Tasche ist schwarz. 麥內 踏雪 衣司特 書娃了此.
這不是我的。	Das ist nicht meine. 答司 衣司特 泥西特 麥呢.
這是我的。	Das ist meine. 答司 衣司特 麥呢.
這是行李領取證。	Hier ist mein Gepäckschein. 西耳 衣司特 麥冷 格配克甩因.

你有東西要申報嗎？	Etwas zu verzollen? 艾特娃司 出 非阿錯玲？
沒有。	Nichts. 泥西比.
有。	Ja. 呀.
這是什麼？	Was ist das? 娃司 衣司特 答司？
我帶了5瓶酒。	Fünf Alkoholflaschen. 分夫 艾個喝夫拉順.
有一條香菸。	Ein Zigarettenkarton. 愛因 西個拉恨卡同.
我自己要用的。	Für mich. 非而 咪西.
給朋友的禮物。	Zum Verschenken. 粗木 非兒生肯.
我的隨身衣物。	Meine persönlichen Gegenstände. 麥內 普孫呢衣西 給更司等得.

轉機櫃臺在哪裡？	Wo ist der Informationsschalter für die Anschlussflüge? 窩 衣司特 地耳 因佛麻球恩沙艾答 非而 地 安吹了司書利嘎？

我要轉機。	Ich bin im Transit. 衣西 冰 因母 特然機特 .
20號登機門在哪裡？	Wo ist der Flugsteig Nummer zwanzig? 窩 衣司特 地耳 夫魯司代 奴麻此穿幾？
我要轉機到紐約。	Ich bin im Transit nach New York. 衣西 冰 因母 團幾特 那河 紐約.
登機門是幾號？	Welcher Flugsteig? 威而西兒 夫魯司代克？
幾點出發？	Um wieviel Uhr ist der Abflug? 巫母 威非耳 烏阿 衣司特 地耳 阿不夫路哥？

⑤ 在機場服務台

MP3-93

服務台在哪裡？	Wo ist der Empfang? 窩 衣司特 地耳 恩普放哥？
幫我預定飯店。	Bitte reservieren Sie mir ein Zimmer. 比特兒 合舌威很 己 米阿 愛因 己耳.
○○○飯店怎麼去？	Wie fahre ich zum Hotel ○○○? 威 法喝 衣西 木 后特耳 ○○○？
巴士站牌在哪裡？	Wo ist die Bushaltestelle? 窩 衣司特 地 布司害地序地拉？
下一班巴士幾點來？	Wann kommt der nächste Bus? 彎 空特 地耳 內司特耳 布司？
電車站在哪裡？	Wo ist der Bahnhof? 窩 衣司特 地耳 班或福？

這輛電車開往漢堡嗎？	Fährt der Zug nach Hamburg? 非阿特 地耳 促克 那河 漢堡？
要在哪裡轉車呢？	Wo soll ich umsteigen? 窩 左了 衣西 翁母司代根？
計程車招呼站在哪裡？	Wo ist der Taxistand? 窩 衣司特 地耳 踏克西司但特？
計程車費要多少錢？	Was kostet die Taxifahrt? 娃司 扣司特特 地 踏克西發特？
請給我市內地圖。	Geben Sie mir bitte einen Stadtplan. 給本 己 米阿 比特兒 愛人 士大特普拉安.
請給我觀光資料。	Geben Sie mir bitte Ortsinformation. 給本 己 米阿 比特兒 歐此印佛馬此妞任.

❻ 兌換錢幣　　　　　　　　　　　MP3-94

兌換所在哪裡？	Wo gibt es eine Wechselstube? 窩 給普特司愛那 未克司都伯？
我要換錢。	Ich möchte wechseln. 衣西 沒西特兒 未克森.
我要換美金。	Bitte wechseln Sie in USD. 比特兒 未克森 己 因 巫艾司多拉.
請加些零錢。	Ein Bisschen Kleingeld, bitte. 愛因 比司印 克來恩給得, 比特兒.
手續費多少？	Wie hoch ist die Kommission? 威 或喝 衣司特 地 空密司翁？

今天的兌換率是多少？	Wie ist der heutige Wechselkurs?
	威 衣司特 地耳 害低哥 未克司扣司？

三、在飯店

今晚有空房嗎？	Gibt es noch freie Zimmer?
	給普 艾司挪合 服害 誰嗎？

我想預定單人客房。	Einzelzimmer, bitte.
	艾恩遮 誰麻，比特兒.

我想預定雙人房。	Doppelzimmer, bitte.
	豆普誰嗎，比特兒.

我想預定三個晚上。	Drei Nächte, bitte.
	得害 內西特，比特兒.

我想預定間雙人房。	Zwei Doppelzimmer, bitte.
	慈外 豆普誰嗎，比特兒.

一個晚上多少錢？	Wieviel kostet eine Nacht?
	威非耳 扣司特特 愛人 那河特？

有一晚100美金以下的房間嗎？	Unter ein hundert Euro, bitte.
	問特 愛人 混那都 艾司都拉, 比特兒？

有更便宜的房間嗎？	Gibt es noch billigere Zimmer?
	給普特 艾司挪合 比力戈合 誰嗎？

有更好的房間嗎？	Haben Sie noch bessere Zimmer?
	哈本 己 諾合 背色喝 誰嗎？

有含稅金嗎？	Mit Tax? 米特 貼克司？
房間有附浴室嗎？	Mit Dusche? 米特 都舌？
有附早餐嗎？	Mit Frühstück? 米特 夫魯司都克？
我要這間。	Ich nehme dieses Zimmer. 衣西 泥麼 低遮司 誰麻.
幾點退房？	Wann soll ich auschecken? 彎 走力 衣西 歐司卻肯？

❷ 住宿登記 MP3-96

我要登記住宿。	Für die Registrierung, bitte. 非而 地 瑞給司推衣弓，比特兒.
房間我已經訂好了。	Ich habe Zimmer reserviert. 衣西 哈伯兒 誰嗎黑這 威阿特.
我沒有預訂房。	Keine Reservierung. 凱內 銳遮為紅.
我確實訂了。	Ich habe sicher reserviert. 衣西 哈伯兒 賊西耳 威阿特.
我的名字叫王明。	Ich heiße Wang Ming. 衣西 孩舌 王明.
我訂了一間雙人房。	Ich habe ein Doppelzimmer reserviert. 衣西 哈伯兒 愛因 豆伯 誰嗎黑這 威阿特.

可以讓我看房間嗎？	Darf ich sehen? 達夫 衣西 賊很？
可以現在訂嗎？	Können wir uns jetzt registrieren? 昆冷 威阿 翁司 爺慈 瑞哥司推很？
我要這間。	Ich will dieses Zimmer. 衣西 威耳 低遮司 誰媽.
這是我的護照。	Hier ist mein Reisepass. 西耳 衣司特 麥冷 得孩嗨熱爬司.
我刷卡。	Hier ist meine Kreditkarte. 西耳 衣司特 麥內 愧低特卡特兒.
在這裡簽名嗎？	Hier unterschreiben? 西耳 翁得塞本？
幫我搬一下行李。	Gepäckträger, bitte. 給配哥貼哥, 比特兒.
我想變更訂房。	Bitte ändern Sie meine Reservierung ab. 比特兒 安得昂 己 麥內 瑞折威紅 阿普.
我想延長一天。	Ich möchte noch eine Nacht verlängen. 衣西 沒西特兒 挪合 愛那 那河特 非阿玲乾.
我想延長兩小時。	Darf ich noch zwei Stunden bleiben? 達夫 衣西 挪合 慈外 司敦等 不來本？
幫我換房間。	Ich möchte das Zimmer tauschen. 衣西 沒西特兒 答司誰媽 逃省.
我要追加一個床。	Noch ein Extrabett,bitte. 挪合 愛因 艾司刷, 比特兒.

❸ 客房服務

這裡是1116號房。	Hier ist das Zimmer Nummer eins-eins-eins-sechs. 西耳 衣司特 答司誰嗎 努媽 愛因司-愛因司-愛因司-災克司.
我要客房服務。	Zimmer Bedienung, bitte. 誰嗎 北低弄 , 比特兒 .
我要二杯咖啡。	Zwei Kaffee, bitte. 慈外 咖啡 , 比特兒 .
給我二個三明治。	Zwei Sandwich, bitte. 慈外 先得為取 , 比特兒 .
有沒有我的口信？	Habe ich Nachrichten? 哈伯兒 衣西 那河西疼 ？
有沒有我的信？	Habe ich Briefe? 哈伯兒 衣西 不力佛 ？
幫我寄這封信。	Bitte geben Sie das auf. 比特兒 給本 己 答司 奧福 .
我想寄放貴重物。	Legen Sie das bitte in den Tresor. 淚更 己 答司 比特兒 因 定 特黑走娃.
明天麻煩叫我起床。	Morgen früh wecken Sie mich bitte auf. 毛跟 夫如 為跟 己 咪西 比特兒 奧福.
早上七點。	Um Sie ben. 巫母 幾 本 .

借我熨斗。	Ein Bügeleisen, bitte. 愛因 不格艾怎, 比特兒.
借我吹風機。	Einen Fön, bitte. 愛任 分, 比特兒.
請給我毛巾。	Ein Handtuch, bitte. 愛因 和禿虎, 比特兒.
幫我整理床。	Bitte machen Sie das Bett. 比特兒 麻恨 己 答司 貝特.
我要送洗衣服。	Meine Wäsche in die Wäscherei, bitte. 麥內 為舌 因 地 為舌海嗨, 比特兒.
什麼時候可以好？	Wann wird es fertig sein? 彎 威阿 艾司 非而地客 賽恩？
可以洗快一點嗎？	Geht es auch schneller, bitte? 給特 艾司 奧河 書內拉, 比特兒？
我想影印。	Eine Kopie, bitte. 愛人 口匹, 比特兒.
我想傳真。	Ein Fax, bitte. 愛因 發克司, 比特兒.
可以傳電子郵件嗎？	Darf ich eine E-mail schicken? 達夫 衣西 愛人 伊妹兒 誰肯？
可以上網嗎？	Darf ich Internet benutzen? 達夫 衣西 印特內特 不怒怎？
這（小費）給你。	Für Sie. 非而 己.

❹ 在飯店遇到麻煩

鑰匙放在房裡沒拿出來。	Mein Schlüssel ist in meinem Zimmer. 麥冷 書了舍 衣司特 因 麥任 誰麻.
我的房間電燈不亮。	Ich habe kein Licht. 衣西 哈伯兒 開恩 力西特.
我的房間沒有杯子。	Ich habe kein Glas. 衣西 哈伯兒 開恩 格拉司.
送洗的衣服還沒送到。	Meine Wäsche habe ich noch nicht erhalten. 麥內 飛舌 哈伯兒 衣西 挪合 泥西特 阿孩耳疼.
我叫的咖啡還沒來。	Wo bleibt mein Kaffee? 窩 伯來特 麥冷 咖啡?
沒有熱水。	Ich habe kein warmes Wasser. 衣西 哈伯兒 凱恩 娃哈麼司 娃沙.
我房間好冷。	Mein Zimmer ist zu kalt. 麥冷 誰嗎 衣司特 出 卡耳特.
冷氣有問題。	Die Klimaanlage ist kaputt. 地 幾力馬安拉哥 衣司特 卡撲特.
隔壁的房間太吵了。	Das Nebenzimmer ist zu laut. 答司 內伯誰嗎 衣司特 出 老特.
我的廁所燈不亮。	Das Toilettenlicht ist kaputt. 答司 脫衣淚特力衣特 衣司特 卡普特.
請把它修好。	Reparieren Sie das,bitte. 蕊普黑很西 己 答司, 比特兒.

我是308號房的王明。	Ich bin Wang Ming, Zimmer drei hundert acht. 衣西 冰 王明 誰嗎 得艾 混那特 阿賀特.
我想退房。	Ich möchte auschecken. 衣西 沒西特兒 歐司吹肯.
這是什麼費用？	Was ist das? 娃司 衣司特 答司？
我沒有打電話。	Ich habe nicht angerufen. 衣西 哈伯兒 泥西特 安哥五分.
我沒有喝這個飲料。	Ich habe das nicht getrunken. 衣西 哈伯兒 答司 泥西特 古同更.
麻煩幫我搬行李。	Gepäckträger, bitte. 幾配可推軋, 比特兒.
有兩個行李箱。	Zwei Koffer. 此外 口佛.
幫我保管行李。	Kann ich meinen Koffer bis zum Abflug hier stehenlassen? 看 衣西 麥任 口佛 比司 粗木 阿伯夫路哥 西耳司低很拉森？
可以請你給我收據嗎？	Meine Quittung, bitte. 麥內 哭威洞, 比特兒.
可以幫我叫計程車嗎？	Rufen Sie ein Taxi, bitte. 翁分 己 愛因 他克西, 比特兒.

四、在餐廳

❶ 電話預約

`MP3-100`

這附近有好餐廳嗎？	Gibt es ein gutes Restaurant hier? 給普特 艾司 愛因 古特司 黑司托航 西耳？
這附近有好酒吧嗎？	Gibt es eine gute Kneipe hier? 給普特 艾司 愛那 姑特兒 可耐撲 西耳？
我要預約。	Ich will reservieren. 衣西 威耳 合舌威很.
7點2人的座位。	Zwei Plätze um Sie ben. 慈外 普淚這 翁母 己 本.
我的名字叫王明。	Ich bin Wang Ming. 衣西 冰 王明.
貴店必須結領帶嗎？	Muss ich Krawatte tragen? 木司 衣西 克拉娃特哥 特阿跟？
需要盛裝嗎？	Welche Kleiderordung ist vorgeschrieben? 威耳西兒 克來得耳歐得翁 衣司特 佛哥書銳本？
我要窗邊座位。	Am Fenster, bitte. 阿母 凡司特兒，比特兒.

❷ 到餐廳

`MP3-101`

我預約了七點。	Ich habe für Sie ben Uhr reserviert. 衣西 哈伯兒 非而 幾本 巫阿孩雜 威阿特.
我們總共三人。	Drei Personen. 得艾 陪阿走能.

我沒有預約。	Ich habe nicht reserviert. 衣西 哈伯兒 泥西特 孩雜威阿特.
我要2個人的位子。	Ein Tisch für zwei. 愛能 提西 非而 慈外.
要等多久？	Wie lange muss ich warten? 威 藍哥 木司 衣西 娃疼？
我要禁煙座位。	Nichtraucher. 泥西特奧哈.
我要抽煙座位。	Raucher. 奧哈.
我要外面的座位。	Auf der Terrasse. 奧福 地耳 貼嘎舍.
可以跟你同桌嗎？	Darf ich mich dazusetzen? 達夫 衣西 咪西 答出塞參？

❸ 叫菜　　　　　　　　　　　MP3-102

請給我菜單。	Die Speisekarte, bitte. 地 士拜惹卡特兒, 比特兒.
有什麼推薦菜？	Was können Sie mir empfehlen? 娃司 昆冷 己 米阿 恩肥而任？
這家店有什麼名菜？	Was für Spezialitäten haben Sie? 娃司 非而 司北此阿力貼疼 哈本 己？
這是什麼料理？	Was ist das? 娃司 衣司特 答司？

我還沒決定。	Ich habe noch nicht gewählt. 衣西 哈伯兒 挪合 泥西特 格為特.
先給我生啤酒。	Zuerst ein Bier von Fass. 楚也惡阿司特 愛因 比阿 逢 法司.
我要叫菜了。	Ich möchte bestellen. 衣西 沒西特兒 比士得冷.
請給我這個。	Das, bitte. 答司 , 比特兒 .
給我跟那個一樣的。	Das gleiche, bitte. 答司 格賴西 , 比特兒 .
請給我這個跟這個。	Das und das, bitte. 答司 翁特 答司 , 比特兒 .
這個一個。	Eins, bitte. 愛因此 , 比特兒 .
我要這個套餐。	Ich nehme dieses Gericht. 衣西 內麼 低遮司 格黑西特 .
點心我要冰淇淋。	Für den Nachtisch ein Eis. 非而 登 那河提西 愛任 愛司 .
飯後給我紅茶。	Nach dem Essen einen Tee, bitte. 那河 底恩 惡森 愛因 踢 , 比特兒 .
紅茶現在上。	Den Tee jetzt, bitte. 頂 踢 爺此特 , 比特兒 .
我們分著吃。	Wir werden teilen. 威阿 威阿登 台人 .

| 請多給我兩個盤子。 | Zwei extra Teller, bitte.
此外 艾司踏 貼拉 , 比特兒 . |
| 這樣就好了。 | Das geht, danke.
答司 給特 , 當克 . |

❹ 叫牛排

我要這套牛排餐。	Ich möchte das Steakgericht. 衣西 沒西特兒 答司 司跌克 格黑西特.
牛排要煎到中等程度的。	Rosig, bitte. 我幾西 , 比特兒 .
牛排要半熟的。	Blutig, bitte. 不路替哥 , 比特兒 .
牛排要煎熟的。	Durchgebraten, bitte. 都阿西格不拉疼 , 比特兒 .
幫我加辣一點。	Schärfer, bitte. 下兒法 , 比特兒 .
點心待會兒再點。	Nachtisch später, danke. 那河提西 司貝塔 , 當克 .

❺ 進餐中

| 再給我葡萄酒。 | Noch mehr Wein, bitte.
諾喝 米阿 外因 , 比特兒 . |
| 我要續杯。 | Noch ein Glas mehr, bitte.
諾喝 愛因 格拉司 迷阿, 比特兒 . |

再給我一些麵包。	Noch mehr Brot, bitte. 諾喝 迷阿 伯特，比特兒.
給我水。	Bringen Sie mir Wasser, bitte. 布因恩 己 米阿 娃沙，比特兒.
請幫我拿鹽。	Salz, bitte. 雜艾此，比特兒.
我要奶精跟糖。	Sahne und Zucker, bitte. 雜呢 翁特 出卡，比特兒.
這要怎麼吃？	Wie isst man das? 威 衣司特 慢 答司？
真好吃。	Lecker. 淚卡.
再給我一些起司。	Noch mehr Käse, bitte. 挪喝 迷阿 開蛇，比特兒.
給我煙灰缸。	Einen Aschenbecher, bitte. 愛任 阿順貝下，比特兒.
能給我雙筷子嗎？	Darf ich Stäbchen haben, bitte? 達夫 衣西 司得必很 哈本，比特兒？
我不再追加了。	Das reicht, danke. 答司 艾衣西特，當克.
幫我收拾一下。	Abräumen, bitte. 阿伯孩門，比特兒.
這個可以包回去嗎？	Darf ich dieses mitnehmen? 達夫 衣西 低遮司 米特你門？

⑥ 有所不滿時

這不是我叫的東西。	**Ich habe das nicht bestellt.** 衣西 哈伯兒 答司 泥西特 伯司得耳特.
我的沙拉還沒來。	**Wo bleibt mein Salat?** 窩 不來特 麥冷 雜拉特?
我沒有刀子。	**Ich habe kein Messer.** 衣西 哈伯兒 凱 妹啥.
湯裡有東西。	**Es gibt etwas in meiner Suppe.** 餓司 給普特 艾特娃司 因 賣拿 入普.
我的刀子掉了。	**Mein Messer ist heruntergefallen.** 麥冷 妹啥 衣司特 西耳吻他革發任.
這肉沒熟。	**Das Fleisch ist nicht durch.** 答司 非來序 衣司特 泥西特 都兒西.
請快一點。	**Schneller, bitte.** 書內拉, 比特兒.

⑦ 付錢

我要算帳。	**Die Rechnung, bitte.** 地 害西農哥, 比特兒.
全部多少錢?	**Wieviel alles zusammen?** 威非耳 阿了司 出雜門?
請個別算。	**Wir bezahlen getrennt.** 威阿 伯叉稜 格特汗特.

可以刷Visa卡嗎？	Kann ich mit Visa Karte bezahlen?
	看 衣西 米特 非雜 卡特兒 伯叉冷？
這筆錢什麼？	Was ist das?
	娃司 衣司特 答司？
請跟住宿費一起算。	Schreiben Sie das auf meine Zimmerrechnung.
	書害本 己 答司 奧福 麥內 此嗎害西農.
不用找了。	Das stimmt so.
	答司 西地母特 走.
謝謝。	Danke.
	當克.

⑧ 在速食店　　　　　　　　　MP3-107

我要這個。	Das, bitte.
	答司 , 比特兒 .
我要這兩個。	Dieses beide, bitte.
	低遮 百等 , 比特兒 .
我要熱狗。	Einen Hot Dog, bitte.
	艾任 哈特 豆哥 , 比特兒 .
我要兩個小的可樂。	Zwei kleine Becher Cola, bitte.
	此外 可來呢 北瞎 口拉, 比特兒.
給我兩客麥克堡餐。	Zwei Hamburger, bitte.
	慈外 漢堡嘎 , 比特兒 .
請給我蕃茄醬。	Ketchup, bitte.
	凱恰普 , 比特兒 .

| 在這裡吃。 | Ich esse hier. |
| | 衣西 呃色 西耳. |

| 帶走。 | Zum Mitnehmen. |
| | 粗木 米特你門. |

| 這座位沒人坐嗎？ | Is dieser Platz frei? |
| | 衣司 低遮阿 普拉此 服害? |

| 這裡可以坐嗎？ | Darf ich hier sitzen? |
| | 達夫 衣西 西耳 己稱? |

五、逛街購物

❶ 找地方 MP3-108

| 百貨公司在哪裡？ | Wo gibt es ein Kaufhaus? |
| | 窩 給普特 艾司 愛因 靠夫毫司? |

| 商店街在哪裡？ | Wo sind die Läden? |
| | 窩 任 地 雷等? |

| 鞋子販賣部在哪裡？ | Wo ist die Schuhabteilung? |
| | 窩 衣司特 地 書阿普太龍? |

| 化妝品販賣部在哪裡？ | Wo ist die Kosmetikabteilung? |
| | 窩 衣司特 地 口司你地客阿普太龍? |

| 有免稅品店嗎？ | Wo ist der Duty-Free Shop? |
| | 窩 衣司特 地耳 丟踢-夫力 下普? |

| 試衣室在哪裡？ | Wo ist der Anproberaum? |
| | 窩 衣司特 地耳 安波伯阿母? |

| 廁所在哪裡？ | Wo sind die Toiletten? |
| | 窩 任 地 駝以雷疼？ |

| 抱歉。（叫店員時） | Entschuldigung. |
| | 恩特叔迪共. |

| 給我看一下那個。 | Zeigen Sie mir, bitte. |
| | 猜跟 己 米阿, 比特兒. |

| 我想賞禮物。 | Ich möchte Andenken kaufen. |
| | 衣西 沒西特兒 安等根 靠焚. |

| 可以摸摸看嗎？ | Darf ich das berühren? |
| | 達夫 衣西 答司 不合瑞很？ |

| 可以讓我看其它的嗎？ | Zeigen Sie mir bitte etwas anderes. |
| | 猜跟 己 米阿 比特兒 艾特娃司 安得耳 餓司. |

| 有小一號的嗎？ | Gibt es eine Grösse kleiner? |
| | 給普特 艾司 愛那 哥瑞司 克賴那？ |

| 還有更大的嗎？ | Gibt es das auch grösser? |
| | 給普特 艾司 答司 奧河 克瑞沙？ |

| 另外還有什麼顏色的？ | Gibt es verschiedene Farben? |
| | 給普特 艾司發西等得 發本？ |

| 這裡太緊了些。 | Hier ist es zu eng. |
| | 西耳 衣司特艾司 出 宴哥. |

| 麻煩一下。 | Bitte helfen Sie mir. |
| | 比特兒 黑分 己 米阿. |

| 有義大利製的嗎？ | Haben Sie das italienische Modell ? |
| | 哈本 己 答司 義大也書 木得？ |

| 有不同顏色的嗎？ | Andere Farben? |
| | 安得耳喝 發本？ |

| 有不同款式嗎？ | Andere Stile? |
| | 安得耳喝 司底了？ |

| 有白色的嗎？ | Und in weiss? |
| | 翁特 因 外司？ |

| 有沒有更好的？ | Gibt es etwas Besseres? |
| | 給普特 艾司 艾特娃司 背色喝司？ |

| 這是純棉的嗎？ | Ist das Baumwolle? |
| | 衣司特 答司 保吻窩力阿？ |

| 這皮的嗎？ | Ist das Leder? |
| | 衣司特 答司 力大？ |

| 哪種品牌好呢？ | Welche Marke ist besser? |
| | 威西兒 馬克 衣司特 背沙？ |

| 幫我量一下尺寸。 | Bitte messen Sie mich. |
| | 比特兒 妹色 己 妹西. |

| 可以試穿一下嗎？ | Darf ich anprobieren? |
| | 達夫 衣西 安普逼牙狠？ |

| 我想照一下鏡子。 | Wo ist der Spiegel? |
| | 窩 衣司特 地耳 司比哥？ |

| 我要顏色更亮的。 | Eine hellere Farbe, bitte. |
| | 愛那 黑了合 發了伯，比特兒. |

有沒有樸素一點的？	Gibt es schlichtere Modelle? 給普特 艾司 洗李西得喝 摸得了？
適合我穿嗎？	Steht es mir? 司底得 艾司 米阿？
尺寸不合。	Das ist nicht meine Grösse. 答司 衣司特 泥西特 麥任 哥柔蛇.
太短了。	Zu kurz. 出 叩此.
請幫我改長。	Bitte verlängern. 比特兒 發雷幹.
請幫我改短。	Bitte kürzen. 比特兒 考兒怎.
要花多少時間？	Wird es lange dauern? 威阿特 艾司 郎惡 島彎？
給我這個。	Ich nehme das. 衣西 尼門 達司.
這個，我不要。	Ich möchte ein Anderes. 衣西 沒西特兒 愛因 安得耳 餓司.
可以幫我定貨嗎？	Bitte bestellen. 比特兒 博士得領.

❸ 郵寄、包裝 MP3-110

| 可以幫我寄到國外嗎？ | Ins Ausland, bitte.
因司 凹司藍得，比特兒. |

幫我送到這個住址。	Zu dieser Adresse, bitte. 出 低遮 阿得黑色 , 比特兒 .
運費要多少？	Wie hoch ist das Porto? 威好喝 衣司特 答司 波兔 ？
幫我包成送禮用的。	Bitte als Geschenk einpacken. 比特兒 艾此 格山克 愛因趴肯 .
這些請分開包。	Getrennt verpacken, bitte. 格特汗特 非兒趴肯 , 比特兒 .
幫我用袋子裝。	In eine Tüte, bitte. 因 愛那 土得 , 比特兒 .

❹ 只看不買　　　　　　　　　　　MP3-111

我只是看一下而已。	Ich möchte mich nur umsehen. 衣西 沒西特兒 咪西 努阿 翁母賊恩.
我會再來。	Ich werde wiederkommen. 衣西 為阿得 威達叩門 .
我再考慮一下。	Ich muss überlegen. 衣西 木司 迂巴力更 .

❺ 講價、付款　　　　　　　　　　MP3-112

這個太貴了。	Zu teuer. 出 脫有 .
不能再便宜些嗎？	Geht es auch ein bisschen billiger? 給特 艾司 奧河 愛因 比司印 比立嘎 ？

買2個可以便宜點嗎？

Wird es billiger wenn ich zwei nehme?

威阿特 艾司 比立嘎 問 衣西 此外 你媽？

這就算20美金可以嗎？

Sind zwanzig 20 Dollar, O.K.?

任特 轉恩西 20 都拉，歐給？

你算便宜我就買。

Bei reduziertem Preis kaufe ich.

拜 黑度幾兒疼 派司 考佛 衣西．

我的預算是300美金。

Mein Budget ist drei hundert Dollar.

麥冷 八幾特 衣司特 得害 混那特 都拉．

兩個多少錢？

Wieviel für zwei?

威非耳 非而 此外？

有便宜一點的嗎？

Gibt es etwas Billigeres?

給普特 艾司 艾特娃司 比力哥兒司？

這可以免稅嗎？

Ist das Zollfrei?

衣司特 答司 煮了服害？

在哪裡算帳呢？

Wo ist die Kasse?

窩 衣司特 地 喀色？

全部要多少錢？

Wieviel alles zusammen?

威非耳 阿了司 出雜門？

我付現。

Ich bezahle bar.

衣西 不叉了 八．

可以用旅行支票嗎？

Akzeptieren Sie Travelerschecks?

阿科賊普踢很己 己 吹非拉切可司？

| 這價錢含稅的價錢嗎？ | Mit Mehrwertsteuer? |
| 米特 米阿非阿幾都牙？ |

| 請給我收據。 | Eine Quittung, bitte. |
| 愛能 苦衣同，比特兒. |

❻ 退貨

| 我想退貨。 | Ich möchte das zurückgeben. |
| 衣西 沒西特兒 答司 出為可 給本. |

| 我想換這個。 | Ich möchte umtauschen. |
| 衣西 沒西特兒 翁桃森. |

| 尺寸不合。 | Die Grösse passt mir nicht. |
| 地 夠瑞色 爬史特 米阿 泥西特. |

| 這裡有髒點。 | Hier gibt es einen Fleck. |
| 西耳 給普特 艾司 愛能 夫淚客. |

| 這不太好。 | Das ist nicht sehr gut. |
| 答司 衣司特 泥西特 賊耳 固特. |

| 這個壞了。 | Das ist kaputt. |
| 答司 衣司特 卡波特. |

| 我要退錢。 | Ich möchte das Geld zurück. |
| 衣西 沒西特兒 答司 給得 出會可. |

| 請叫店長來。 | Bitte rufen Sie den Manager. |
| 比特兒 歐分 己 定 妹呢家. |

| 這是收據。 | Hier ist die Quittung. |
| 西耳 衣司特 地 虧洞. |

六、觀光

❶ 在旅遊服務中心

我想觀光市內。	Ich möchte die Stadt besichtigen. 衣西 沒西特兒 地 士大特 比幾西底更.
有觀光巴士嗎？	Gibt es einen Touristenbus? 給普特 艾司 愛能 兔黑司疼布司？
有一天行程的團嗎？	Gibt es Tagestouren? 給普特 艾司 踏克司禿更？
我想去紐約玩。	Ich möchte zum spaß nach New York? 衣西 沒西特兒 木 司趴司 那河 紐約？
有遊名勝的團嗎？	Gibt es Sehenwürdigkeiten? 給普特 艾司 字亨書開疼？
我想參加晚上行程的觀光團。	Ich möchte bei Nacht besichtigen. 衣西 沒西特兒 拜 那河 必幾西幾更.
有坐遊艇的觀光團嗎？	Gibt es eine Besichtigungs tour auf dem schiff? 給普特 司 愛那 必幾西幾共 禿阿 奧福 等 雪夫？
這是什麼觀光團？	Was für eine Besichtigung ist es? 娃司 非而 愛那 必幾西幾共 衣司特 艾司？
搭遊覽車去的嗎？	Mit dem Bus? 米特 等 布司？

哪個團比較有人氣呢？	Welche Tour wird gerne genommen? 威耳西兒 禿阿 威阿特 格昂姑諾門？
有自由活動時間嗎？	Gibt es Zeit zur freien Verfügung？ 給普特 艾司 在特 而 福害恩 非阿非拱 ？
要帶外套嗎？	Muss man eine Jacke mitnehmen? 木司 慢 愛那 呀哥 米特內門 ？
這個團要花幾個鐘頭？	Wieviele Stunden dauert die Tour? 威非耳 書敦等 刀阿特 地 禿阿 ？
有附導遊嗎？	Gibt es einen Reiseführer? 給普特 艾司 愛人嗨熱非阿 ？
這個團定員幾位？	Wieviele Leute sind in einer Gruppe? 威非了 羅衣特 任特 因 愛那 狗玻 ？
是從哪裡出發？	Von wo gehen wir los? 逢 窩 給恩 威阿 羅思 ？
在哪裡集合？	Wo ist der Treffpunkt? 窩 衣司特 地耳 吹夫砰特 ？
什麼時候出發？	Wann fahren wir ab? 彎 發哼 威阿 阿普 ？
幾點回到這裡？	Wann kommen wir zurück? 彎 叩門 威阿 出喝克 ？
這個團的費用是多少？	Wieviel kostet diese Besichtigung? 威非耳 扣司特特 低遮 比幾西踢共 ？
還有什麼必需支付的？	Entstehen noch weitere Kosten? 恩司得印 若喝 外特喝 扣司疼 ？

有附餐嗎？	Sind die Mahlzeiten eingeschlossen? 任特 地 賣了在疼 愛因 格士洛生？
這個團學生有打折嗎？	Gibt es Studentermäßigung? 給普特 艾司 司丟等特阿妹西貢？
還有空位嗎？	Gibt es noch Plätze? 給普特 艾司 諾合 撲累渣？
現在可以預約嗎？	Darf ich schon reservieren? 達夫 衣西 熊 合舌威很？
我想參加這個團。	Diese Gruppe. 低遮 勾普.

❷ 在旅遊地　　MP3-115

那是什麼建築物？	Was für ein Gebäude ist es? 娃司 非而 艾因 格波餓得兒 衣司特 艾司？
這是什麼？	Was ist das? 娃司 衣司特 答司？
這叫什麼名字？	Wie heißt es? 威 孩司 艾司？
要在這裡停留多久？	Wie lange bleiben wir hier? 威 郎惡 不來本 威阿 西耳？
這裡是美術館嗎？	Ist das die Galerie? 衣司特 答司 地 嘎了力？
要門票嗎？	Braucht man eine Eintrittskarte? 保奧河特 慢 愛那 愛因特黑特司卡特兒？

給我兩張票。	Zwei Karten, bitte. 慈外 卡疼 , 比特兒 .
幾點到幾點開放？	Von wann bis wann ist geöffnet? 窩 萬 比司 萬 衣司特 哥惡夫呢特？
可以進入嗎？	Darf ich rein? 達夫 衣西 害因？
那是什麼時候的東西？	Aus welcher Zeit ist es? 奧司 威而西兒 在特 衣司特 艾司？
這是幾世紀的東西？	Welches Jahrhundert? 威耳西司 呀虎那特？
幾點有表演？	Wann fängt die Aufführung an? 彎 分哥替 地 凹非紅 安？
這個可以給我嗎？	Darf ich das haben? 達夫 衣西 答司 哈本？
這裡拍照沒關係吧？	Darf ich Fotos machen? 達夫 衣西 佛頭司 麻恨？
我可以錄影嗎？	Darf ich filmen? 達夫 衣西 非額門？
可以幫我們拍個照嗎？	Können Sie uns fotografieren? 昆冷 己 翁司 佛頭嘎非恩？
按這裡就可以了。	Hier drücken. 西耳 都餓肯 .
請站在這裡。	Stehen Sie hier,bitte. 司替很 己 西耳 , 比特兒 .

請再拍一張。	Noch eins, bitte. 若合 愛因此，比特兒.

七、娛樂

❶ 觀賞歌劇、音樂會　　　　　MP3-116

我想去看電影。	Ich möchte einen Film sehen. 衣西 沒西特兒 愛能 飛了門 賊恩.
哪齣最有人氣？	Welcher Film ist gerade in? 威而西兒 飛了門 衣司特 嘎阿得 因？
哪裡有演歌劇？	Wo kann man eine Oper sehen? 窩 看 慢 愛那 歐爬 賊恩？
在哪裡可以買到入場券？	Wo kann man Karten kaufen? 窩 看 慢 卡疼 考餓分？
有座位嗎？	Gibt es noch Plätze? 給普特 艾司 諾合 撲淚這？
請給我好位子。	Bitte geben Sie mir einen guten Platz. 比特兒. 給木 己 米阿 愛任 姑疼 普拉此.
我要前面的位子。	Vordere Reihe, bitte. 佛兒 得耳 艾牙，比特兒.
要多少錢？	Wieviel kostet es? 威非耳 扣司特特 艾司？
幾點開始？	Wann fängt es an? 彎 返給特 艾司 安？

幾點結束？	Wann ist es zuende?
	彎 衣司特 艾司 出 恩得？

八、交友

你好！	Guten Tag!
	姑疼 踏克！

嗨！你好嗎？	Hallo! Wie geht's?
	哈囉！威 給此？

我叫王明，很高興認識你。	Angenehm, ich heiße Wang Ming.
	安跟名，衣西 孩遮 王明.

這是我妻子。	Meine Frau.
	麥呢 夫凹.

天氣真好啊！	Schönes Wetter!
	書呢司 威踏！

可以跟您拍個照嗎？	Ein Foto zusammen?
	愛因 佛禿出 雜門？

可以告訴我您的住址嗎？	Darf ich Ihre Adresse haben?
	達夫 衣西 衣喝 阿得淚色 哈本？

日文怎麼說？	Was heißt das auf Japanisch?
	威司 孩司 答司 奧福 呀胖泥序？

真棒！	Wunderbar!
	吻得耳抱！

真可愛！	Wie süß!
	威 主司！

| 能跟您講話真是太好了。 | Ich freue mich, mit Ihnen zu reden. |
| | 衣西 夫任 咪西, 米特 衣嫩 出黑等. |

| 再見，後會有期！ | Auf Wiedersehen, bis bald! |
| | 奧福 威得耳賊恩，比司 巴耳特！ |

九、交通

❶ 問路

| 我迷路了。 | Ich bin verloren. |
| | 衣西 冰 非魯跟. |

| 我在哪裡？ | Wo bin ich hier? |
| | 窩 冰 衣西 西耳？ |

| 這裡叫什麼路？ | Wie heißt die Straße hier? |
| | 威 海司特 地 士特哈色 西耳？ |

| 車站在哪裡？ | Wo ist der Bahnhof? |
| | 窩 衣司特 地耳 班或福？ |

| 車站在這裡嗎？ | Ist der Bahnhof hier in der Nähe? |
| | 衣司特 地耳 班或福 因 地耳 內喝？ |

| 這附近有銀行嗎？ | Gibt es eine Bank in der Nähe? |
| | 給普特 艾司 愛那 棒克 因 地耳 內喝？ |

| 很遠嗎？ | Ist das weit von hier? |
| | 衣司特 答司 外特 逢 西耳？ |

| 走路可以到嗎？ | Kann man zu Fuß gehen? |
| | 看 慢 粗木 父司 給很？ |

是右邊？還是左邊？	Rechts oder links? 害西此 喔得耳 玲克司？
在這張圖的什麼地方。	Wo steht es auf dieser Karte. 窩 司低特 艾司 奧福 低遮阿 卡特兒.
走路要幾分鐘？	Wie lange dauert es zu Fuß? 威 郎惡 島兒特 艾司 粗 父司？
大概五分。	Etwa fünf Minuten. 艾特娃 份夫 米努疼.

❷ 坐計程車 MP3-119

計程車招呼站在哪裡？	Wo ist der Taxistand? 窩 衣司特 地耳 踏克西司但特？
麻煩幫我叫計程車。	Rufen Sie ein Taxi, bitte. 歐分 己 愛因 踏克西, 比特兒.
我到機場。	Zum Flughafen, bitte. 粗木 俘虜卡哈文, 比特兒.
請直走。	Geradeaus, bitte. 格哈得奧司, 比特兒.
往左轉。	Links, bitte. 玲克司, 比特兒.
請到這個住址。	Zu dieser Adresse, bitte. 低遮阿 阿得黑色, 比特兒.
麻煩快一點。	Schneller, bitte. 書內拉, 比特兒.

請等一下。	Moment,bitte.
	摸門特，比特兒.

就在那棟大樓前停。	Halten Sie vor diesem Gebäude an.
	哈耳疼 己 否兒 低怎 格波餓得兒 安.

這裡就好了。	Halten Sie hier an.
	孩疼 己 西耳 安.

❸ 坐電車、地鐵 `MP3-120`

請給我地鐵路線圖。	Einen U-Bahnnetzplan,bitte.
	愛任 屋-幫內此普拉安, 比特兒.

地鐵車站在哪裡？	Wo ist der Bahnhof?
	窩 衣司特 地耳 班或福？

哪個月台到市中心？	Auf welchem Bahnsteig fährt der Zug ins Zentrum?
	奧福 威耳西兒 棒司代哥 非阿特 地耳 促克 因司 前同母？

在第12月台。	Bahnsteig zwölf.
	棒司代哥 資窩夫.

在哪個車站下？	Wo steige ich aus?
	窩 司代哥 衣西 奧兒司？

這輛電車停靠東京嗎？	Hält der Zug in Tokio?
	黑兒特 地耳 促克 因 東京？

這班電車往芝加哥嗎？	Fährt dieser Zug nach Chicago?
	非阿特 低這 促克 那河 芝加哥？

在哪裡換車呢？	Wo steigen wir um? 窩 司代跟 威阿 歐母？
到那裡有幾個車站呢？	Wieviele Stationen von hier bis dorthin? 威非耳 司他序歐任 逢 西耳 比司 豆特喝印？
下一站在哪裡？	Wie heißt die nächste Station? 威 孩司特 地 奈西司特耳 司他序翁？
我坐過站了。	Ich habe meine Station verpasst. 衣西 哈伯兒 麥內司他序翁 非而爬史特.

4 坐巴士　　　　　　　　　　　　　　MP3-121

公車站在哪裡？	Wo ist die Bushaltestelle? 窩 衣司特 地 布司害度司得了？
12號公車站在哪裡？	Wo ist die Bushaltestelle der Linie zwölf? 窩 衣司特 地 布司害度司得了 地耳 力泥也 資窩夫？
這輛公車往東京嗎？	Fährt dieser Bus zum Tokio? 非阿特 低遮阿 布司 粗木 偷機歐？
下班公車幾點來？	Wann kommt der nächste? 彎 空母特 地耳 奈西司特耳？
到芝加哥飯店嗎？	Zum Chicago Hotelt? 粗木 芝加哥 后特耳？
要花多少時間？	Wie lange fährt der Bus dorthin? 威 藍哥 非阿特 地耳 布司 阿特喝印？

要多少車費？	Was ist der Fahrpreis?
	娃司 衣司特 地耳 發派司？

哪裡有賣車票？	Wo kann ich die Fahrkarte kaufen?
	窩 看 衣西 地 發卡地 靠焚？

我要單程車票。	Einfachfahrkarte, bitte.
	愛因發卡發卡得比特兒, 比特兒.

下站下車。	Ich steige an der nächsten Station aus.
	衣西 司代哥 安 地耳 奈司疼 司他序歐任 奧司.

我要下車。	Ich will aussteigen.
	衣西 威耳 奧司土呆根 .

十、郵局・電話

❶ 在郵局
MP3-122

郵局在哪裡？	Wo ist das Postamt?
	窩 衣司特 答司 波思特昂特？

郵筒在哪裡？	Wo gibt es einen Briefkasten?
	窩 給普特 司 愛因 不力夫卡司疼？

我要寄這封信。	Schicken Sie diesen Brief, bitte.
	誰肯 己 低任 不力夫 , 比特兒 .

我要寄航空。	Luftpost,bitte.
	路夫破司特 , 比特兒 .

船運要多少錢？	Wieviel kostet das Porto als Seefracht? 威非耳 扣司特特 答司 波偷 阿耳司 寄發喝特？
我要寄到臺灣。	Nach Taiwan, bitte. 那河 臺灣，比特兒.
掛號信要多少錢？	Was ist das Porto für ein Einschreiben? 娃司 衣司特 答司 波偷 非而 愛因 愛因司壞本？
我要寄快信（快捷）。	Express, bitte. 艾克司配司，比特兒.
我要40分的郵票五張。	Fünf Briefmarken zu vierzig Cents, bitte. 分夫 不力夫馬克恩 出非兒記此 先此, 比特兒.

❷ 打市內電話 MP3-123

喂！	Hallo? 哈囉？
我找小林。	Herrn Lin, bitte. 西耳 林，比特兒.
我是王明。	Hier ist Wang Ming. 西耳 衣司特 王明.
我找1215號房。	Zimmer zwölf fünfzehn, bitte. 誰嗎 珠窩夫 夫恩夫前，比特兒.
我這裡是1126號房。	Hier ist das Zimmer eins-eins-zwei-sechs. 西耳 衣司特 答司 誰嗎 愛因司-愛因司-此外-災克司.

對不起，我打錯了。	**Es tut mir leid, falsche Nummer.** 餓司 兔特 米阿 賴特, 壞了序 努馬.
他外出了。	**Er ist außer Haus.** 得耳 衣司特 凹蛇 好司.
啊！什麼？	**Bitte?** 比特兒？
我聽不清楚。	**Ich habe nicht verstanden.** 衣西 哈伯兒 泥西特 格灰阿特.
請告訴我怎麼拼？	**Können Sie buchstabieren?** 昆冷 己 不司達比很？
請等一下。	**Einen Moment.** 愛能 某門特.
請幫我轉達。	**Ich möchte eine Nachricht hinterlassen.** 衣西 沒西特兒 愛能 那河嘿西特 很特拉森.
電話號碼是01-2345-6789.	**Her ist die Nummer null-eins-zwei-drei-vier-fünf-sechs- Sie ben-acht-neun.** 答司 衣司特 地 努馬 努兒-愛因司-慈外-得艾-非阿-分夫-災克司-賊本-阿喝-諾印.
我等一下再打給他。	**Ich rufe wieder an.** 衣西 歐夫 威打 安.
請打電話給我。	**Bitte rufen Sie mich zurück.** 比特兒 歐分 己 咪西 出賀克.
再見（打電話時）！	**Auf Wiederhören!** 奧福 威答喝跟！

227

請接接線生。	Operator, bitte.
	阿普淚塔，比特兒.
我想打國際電話。	International Ruf, bitte.
	印特那訓拿兒 入夫，比特兒.
我要打到臺灣。	Nach Taiwan, bitte.
	那河 台灣，比特兒.
我想打對方付費電話。	R-Gespräch, bitte.
	阿兒-古司波艾西，比特兒.

十一、遇到麻煩

我錢包不見了。	Ich habe meine Brieftasche verloren.
	衣西 哈伯兒 麥內 不力夫踏舌 非兒路很.
皮包放在計程車忘了拿了。	Ich habe meine Tasche im Taxi vergessen.
	衣西 哈伯兒 麥內 踏舌 因母 他庫西 非兒給森.
我兒子不見了。	Ich habe meinen Sohn verloren.
	衣西 哈伯兒 麥能 走恩 非兒路很.
你看到這裡有相機嗎？	Haben Sie eine Kamera gesehen?
	哈本 己 愛那 卡麼阿 哥基因？
裡面有護照。	Mein Reisepass ist in der Tasche.
	麥冷嗨熱爬司 衣司特 因 地耳 他舌.

❷ 被偷、被搶

皮包被搶了。	**Man hat meine Tasche gestohlen.** 慢 哈特 麥內 他書 哥司偷能.
我錢包不見了。	**Ich habe meinen Geldbeutel verloren.** 衣西 哈伯兒 麥任 給特波衣特 非兒路很.
我護照不見了。	**Ich habe meinen Reisepass verloren.** 衣西 哈伯兒 麥能 嗨熱趴司 非兒路很.
請幫我打電話報警。	**Rufen die Polizei!** 翁分 地 波力菜!
有扒手！	**Dieb!** 地步!
是那個人。	**Dieser ist der Dieb!** 低遮阿 衣司特 地耳 地步!
警察！	**Polizei!** 波力菜!
救命啊！	**Hilfe!** 黑伊發!
你幹什麼！	**Was soll das!** 娃 收了 答司!
我不需要！不行！	**Nein, danke.** 奈恩, 當克.

❸ 交通事故 MP3-127

我遇到交通事故了。	Ich habe einen Unfall gehabt. 衣西 哈伯兒 愛因 溫壞兒 給哈伯特.
幫我叫救護車。	Ruft einen Krankenwagen. 歐夫特 愛因 看根娃更.
趕快！	Schnell! 書內了！
我受傷了。	Ich bin verletzt. 衣西 冰 非淚此特.

❹ 生病了 MP3-128

我不舒服。	Ich fühle mich nicht wohl. 衣西 夫了 迷西 泥西特 窩耳.
我肚子痛。	Ich habe Bauchschmerzen. 衣西 哈伯兒 保河書妹兒怎.
我感冒了。	Ich bin erkältet. 衣西 冰 愛喝給特.
幫我叫醫生。	Ruft einen Arzt, bitte. 歐夫特 愛任 阿此特，比特兒.
請帶我去醫院。	Bringt mich ins Krankenhaus, bitte. 不林哥特 咪西 因司 看人肯好兒司, 比特兒.
我有點發燒。	Ich habe Fieber. 衣西 哈伯兒 非伯兒.

這裡很痛。	**Hier tut es mir weh.** 黑耳 兔特 司 米阿 沈.
可以繼續旅行嗎？	**Kann ich meine Reise fortsetzen?** 看 衣西 麥內嗨熱 佛這真？
這附近有藥房嗎？	**Gibt es hier eine Apotheke?** 給普特 司 西耳 愛那 阿不貼哥？
一天吃幾次藥呢？	**Wieviel Mal pro Tay?** 威非耳 麻兒 波踏克？
我有過敏體質。	**Ich bin Allergisch.** 衣西 冰 阿了哥序.
我覺得好多了。	**Ich fühle mich besser.** 衣西 夫了 咪西 背色.
我沒關係了。	**Alles ist O.K.!** 阿了司 衣司特 歐凱！
我已經好了。	**Es geht mir wieder gut.** 餓司 給特 米阿 威得 固特.

生活會話篇

一、日常招呼

早安！	Guten Morgen! 姑疼 某跟！
你好！	Guten Tag! 姑疼 踏克！
晚上好。	Guten Abend. 姑疼 阿本特.
晚安。	Gute Nacht. 姑疼 那河特.
你好嗎？	Wie geht's? 威 給此？
我很好，你呢？	Gut, und dir? 固特，吻 地兒？
還可以。	Es geht. 餓司 給特.
明天見。	Bis morgen. 比司 毛跟.
改天見。	Bis bald. 比司 巴艾特.
後會有期。	Bis nächstes Mal. 比司 奈西司特司 麻兒.
祝旅途愉快。	Schöne Reise! 順了 嗨熱！

祝你有個美好的時光。	Viel Spaß!
	非兒 司吧司！
再見。	Auf Wiedersehen.
	奧福 威得賊恩.
拜拜！	Tschüß!
	去司！

二、感謝及道歉

MP3-130

謝謝。	Danke.
	當克.
很謝謝你。	Vielen Dank.
	非很 當克.
不客氣。	Bitte.
	比特兒.
對不起。	Entschuldigung.
	恩特叔為迪共.
抱歉。	Es tut mir leid.
	餓司 兔特 米阿 賴特.
抱歉我來遲了。	Es tut mir leid,dass ich zu spät komme.
	餓司 兔特 米阿 賴特,答司 衣西 出 司貝特 叩門.
沒關係的。	Das macht nichts.
	答司 麻合 泥西此.
不用謝。	Bitte!
	比特兒！

不要緊的。	Das ist nicht schlimm. 答司 衣司特 泥西特 書任.
別介意。	Keine Sorge. 凱內 收割.
真是感謝。	Herzlichen Dank. 黑此 力西 當克.
謝謝你的禮物。	Danke für das Geschenk. 當克 非而 答司 故先克.
感謝您各方的關照。	Danke für alles. 當克 非而 阿了司.
謝謝你的親切。	Das ist sehr nett, danke. 答司 衣司 賊耳 內此，當克.

三、肯定・同意

MP3-131

好。	Ja. 呀.
沒錯。	Genau. 給鬧.
我也這麼認為。	Ich denke auch so. 衣西 當克 奧河 走.
我明白了。	Ich habe verstanden. 衣西 哈伯兒 格灰阿等.
我也同感。	Das stimmt. 答司 司地吻特.

好／行。	**Gut!** 固特！

四、否定・拒絕

不。／不是。	**Nein.** 奈恩.
不，謝了。	**Nein, danke.** 奈恩，當克.
已經夠了。	**Das reicht.** 答司 害西特.
我不知道。	**Keine Ahnung.** 凱呢 阿農克.
我倒不這樣認為。	**Ich bin nicht der gleichen Meinung.** 衣西 冰 泥西特 地耳 格賴先 麥隆克.
我現在很忙。	**Ich bin gerade beschäftigt.** 衣西 冰 給阿特 伯謝夫提克特.
我跟別人有約了。	**Ich bin verabredet.** 衣西 冰 非阿普淚特.

五、詢問

對不起，請問。	**Entschuldigung.** 恩特叔力得共特.
請問。	**Darf ich mal fragen?** 達夫 衣西 麻兒 夫阿跟？

您叫什麼名字？	Wie heißen Sie? 威 孩生 己？
你的名字怎麼拼寫？	Wie schreibt man Ihren Namen? 威 叔孩伯慢 衣亨 那阿門？
您從事什麼工作？	Was machen Sie beruflich? 娃司 麻恨 己 伯屋佛力西？
您是從哪裡來的？	Woher kommen sie? 窩 黑阿 叩門 己？
這是什麼？	Was ist das? 娃司 衣司特 答司？
現在幾點？	Wie spät ist es? 威 司貝特 衣司特 艾司？
為什麼？	Wieso? 非走？

六、介紹

MP3-134

我叫王建明。	Ich heiße Wang Ming. 衣西 孩蛇 王明.
請叫我小明。	Nennen sie mich xiao-Ming. 內內 己 咪西 小明.
我是從日本來的。	Ich komme aus Japan. 衣西 叩門 奧司 牙胖.
你好。	Wie geht's? 威 給此？

很高興認識你。	Ich freue mich sie kennenzulernen. 衣西 夫撈月 咪西 己 凱任 出拉任.
這是我的朋友東尼。	Das ist mein Freund Tony. 答司 衣司特 麥冷 佛翁特 東尼.
這位是王太太。	Das ist Frau Wang. 答司 衣司特 夫好 王.
我是學生。	Ich bin Studentin. 衣西 冰 書都等特.
我在電腦公司上班	Ich arbeite eine Computerfirma. 衣西 阿合敗特 愛那 砍普特非兒麻.
我是來這裡度假的。	Ich bin hier im Urlaub. 衣西 冰 西耳 因母 巫老婆.
我是來這裡工作的。	Ich bin hier auf Geschäftsreise. 衣西 冰 西耳 奧福 歌謝格害則.

七、嗜好

MP3-135

你的嗜好是什麼？	Was ist Ihr Hobby? 娃司 衣司特 衣兒 哈比？
我喜歡游泳	Ich schwimme gern. 衣西 書威麼 格昂.
我想挑戰衝浪。	Ich Will das Surfen erlernen. 衣西 威耳 答司 蛇份 阿力阿任.
我一個禮拜學兩次跳舞。	Ich lerne zwei Mal in der Woche Tanzen. 衣西 來能 慈外 麻兒 因 地耳 窩合 貪森.

我很擅長釣魚。	Ich kann sehr gut angeln. 衣西 看 賊耳 固特 阿跟.
你做運動嗎？	Treiben sie Sport? 特孩本 己 司伯特？
我很喜歡打網球。	Ich spiele sehr gern Tennis. 衣西 司比了 賊耳 格昂 天泥司.
我超喜歡打籃球。	Ich liebe Basketball über alles. 衣西 力伯 巴司客伯 迂伯阿 阿了司.

八、網際網路

MP3-136

這是我的網址。	Das ist meine E-mail Adresse. 答司 衣司特 麥內 伊妹兒 阿得黑色.
我沒有網址。	Ich habe keine E-mail Adresse. 衣西 哈伯兒 凱呢 伊妹兒 阿得黑色.
我家裡沒有電腦。	Ich habe keinen Computer zu Hause. 衣西 哈伯兒 凱冷 看比巫特兒 出 豪兒色.
這是我公司的網址。	Hier ist meine E-mail Adresse vom Büro. 西耳 衣司特 麥內 伊妹兒 阿得黑色 佛母 比我.
這是我的名片。	Hier ist meine Visitenkarte. 西耳 衣司特 麥內 非幾特卡特兒.
可以跟您要張名片嗎？	Darf ich Ihre Karte haben? 達夫 衣西 已喝 卡特兒 哈本？

我會傳郵件給你。	Ich werde Ihnen eine E-mail schicken. 衣西 為兒得 衣嫩 愛能 伊妹兒 誰肯.
你有上網嗎？	Benutzen sie das Internet? 丙努特 己 答司 印特內特？
看看我的網頁。	Besuchen sie doch mal in meine Web page. 北如何 己 豆喝 麻兒 因 麥能 為伯 配給.
可以跟您借電腦嗎？	Darf ich Ihren Computer benutzen? 達夫 衣西 衣亨 看比巫特兒 巴努稱？
網頁是你自己做的嗎？	Haben sie Ihre Web Page Selbst erstellt？ 哈本 己 底喝 為伯 配給 賊伯特 艾司 得特？
可以借我手機嗎？	Darf ich Ihr Handy benutzen? 達夫 衣西 衣喝 黑地 不怒稱？
可以告訴我手機號碼嗎？	Darf ich Ihre Handynummer haben? 達夫 衣西 衣喝 恨地 怒母 馬哈本？

九、邀約

MP3-137

| 一起去看電影，怎麼樣？ | Gehen wir ins Kino?
給恩 威阿 因司 幾若？ |
| 一起喝咖啡，怎麼樣？ | Trinken wir zusammen einen Kaffee?
特亨肯 威阿 出此阿門 愛任 咖啡？ |

一起去，好嗎？	Gehen wir zusammen? 給很 威阿 出 阿門？
當然可以。	Mit Vergnügen. 米特 非阿格怒跟.
請來我家玩。	Kommen sie zu mir nach Hause. 叩門 己 出 米阿 那喝 好任.
好啊！	Klar! 克拉！
星期幾好呢？	Welcher Tag passt Ihnen am besten? 威而西兒 踏克 爬史特 衣嫩 昂 北司疼？
星期五如何？	Freitag? 服害踏克？
我可以帶朋友去嗎？	Darf mein(e) Freund(in) auch kommen? 達夫 麥呢 佛恩得(因) 奧河 叩門？
當然可以。	Ja klar. 呀 克拉.

十、拜訪朋友

❶ 到家門口 MP3-138

| 你好（進門前）。 | Guten Abend.
姑疼 阿本特. |

歡迎光臨。	Herzlich Willkommen. 黑此力西 威耳叩門.
這邊請。	Bitte hier entlang. 比特兒 西耳 宴特藍克.
請這裡坐。	Bitte setzen sie sich. 比特兒 塞參 己 賊西.
這是送你的禮物。	Das isl für sie. 答司 衣司特 非而 己.
希望你能喜歡。	Ich hoffe das wird Ihnen gefallen. 衣西 好佛 答司 威阿特 衣嫩 哥懷人.
這是楊先生。	Das ist Herr Yang. 答司 衣司特 西耳 楊.
這是我的兒子喬治。	Das ist mein Sohn George. 答司 衣司特 麥冷 種 喬治.
你好嗎？	Wie geht's Ihnen? 威 給此 衣嫩？
很高興認識你。	Ich freue mich sie kennenzulernen. 衣西 夫撈月 咪西 己 肯任出來任.

❷ 進餐 MP3-139

| 請喝葡萄酒。 | Wir trinken Wein!
威阿 特印肯 外因！ |
| 一點就好。 | Nur ein wenig.
努阿 愛因 為你哥. |

不，我不喝。	Nein, danke. 奈恩，當克．
我不會喝酒。	Ich trinke keinen Alkohol. 衣西 特玲克 凱冷 愛兒估呼．
這葡萄酒很好喝喔！	Der Wein ist sehr gut. 地耳 外因 衣司特 己耳 固特．
請吃菜。	Nehmen sie,bitte. 泥門 己，比特兒．
真好吃。	Das ist lecker. 答司 衣司特 淚卡．
我吃得十分飽了。	Ich bin satt, danke. 衣西 冰 炸特，當克．
來杯咖啡如何？	Einen Kaffee? 愛能 咖啡？
好的。	Gern. 格昂．

③ 告辭　　　　　　　　　　　　　MP3-140

我該告辭了。	Ich muss gehen. 衣西 木司 給很．
請借一下廁所。	Darf ich auf die Toilette gehen? 達夫 衣西 奧福 地 頭衣淚特 給恩？
真是愉快。	Das war ein schöner Abend. 答司 娃 愛因 書那 阿本特．

謝謝您的招待。	Danke für die Einladung. 當克 非而 地 愛因拉冬克.
請再來玩喔！	Kommen sie mal wieder. 叩門 己 麻兒 威打耳.
謝謝，我會的。	Danke,gerne. 當克 , 格昂.
晚安，再見。	Gule Nacht, Wiedersehen. 姑特兒 那河特 , 威得己恩.

十一、感情、喜好

我很快樂！	Ich bin sehr glücklich! 衣西 冰 己耳 古路克衣西！
真了不起！	Toll! 秋兒！
我深受感動！	Ich bin sehr beweget. 衣西 冰 己耳 北威個特.
我真不敢想像！	Das kann ich mir nicht vorstellen! 答司看 衣西 米阿 泥西特 佛二司得連!
我嚇了一跳！	Ich bin erschocken! 衣西 冰 愛而刷跟！
我很悲傷！	Ich bin sehr traurig. 衣西 冰 己耳 逃為西.
真有趣！	Interessant! 印特沙恩特！

真好吃！	Lecker! 淚卡！
怎麼辦？	Was sollen Wir machen? 娃司 收冷 威阿 麻恨？
我很激動。	Ich bin sehr aufgeregt! 衣西 冰 己耳 歐佛哥喝給特！
我很寂寞！	Ich fühle mich einsam! 衣西 飛了 咪西 愛因雜阿母！
我很害怕！	Ich habe Angst! 衣西 哈伯兒 昂司特！
我很遺憾！	Sehr schade! 賊耳 沙得！
我很擔心！	Ich mache mir Sorgen! 衣西 馬喝 米阿 走跟！
我很喜歡！	Ich mag das! 衣西 馬各 答司！
我不喜歡！	Ich mag das nicht! 衣西 馬各 答司泥西特！

十二、祝賀

聖誕快樂！	Fröhliche Weihnachten! 非力西而 外那河疼！
新年快樂！	Ein gutes Neues Jahr! 愛因 古特司 若耶司 牙！

生日快樂！	Zum Geburtstag viel Glück! 粗木 給伯此踏克 非兒 古路克！
這是送你的禮物。	Das ist für sie. 答司 衣司特 非而 己.
打開看看。	Öffnen sie es. 惡夫任 己 惡司.
乾杯！	Prost! 波司特！
祝我們成功，乾杯！	Auf unseren Erfolg! 奧福 翁此亨 愛兒佛艾克！
為你乾杯！	Auf sie! 奧福 己！

複習 X 記憶

[單字]

❶ 數字（一）　　　　　　　　　　　MP3-143

1	eins 艾恩此
2	zwei 此外
3	drei 得害
4	vier 非而
5	fünf 份夫
6	sechs 賊克司
7	sieben 西本
8	acht 阿喝特
9	neun 諾恩
10	zehn 淺恩
11	elf 惡路夫
12	zwölf 此窩魯夫

13	dreizehn
	得害欺恩
14	vierzehn
	非而欺恩
15	fünfzehn
	分夫欺恩
16	sechzehn
	賊克欺恩

❷ 數字（二） MP3-144

17	siebzehn
	己不欺恩
20	zwanzig
	此萬器序
30	dreißig
	得害夕序
40	vierzig
	非而欺序
50	fünfzig
	分夫欺序
60	sechzig
	賊克欺序
70	siebzig
	既不欺序
80	achtzig
	阿喝欺序
90	neunzig
	若恩欺序

100	hundert 分得喝特
1000	tausend 刀刃特
10,000	zehntausend 千刀刃特
錢	Geld 給了得
紙幣	Geldschein 給了得篩
硬幣	Münze 悶此兒
現金	Bargeld 八喝給了得

❸ 日期（一） MP3-145

今天	heute 孩特
昨天	gestern 給司疼
明天	morgen 某喝根
後天	übermorgen 於伯某喝根
早上	Vormittag 佛密踏哥
中午	Mittag 密踏哥

下午	Nachmittag
	那喝密踏哥

傍晚	Abend
	阿本特

晚上	Nacht
	那喝特

星期日	Sonntag
	走恩踏哥

星期一	Montag
	某恩踏哥

星期二	Dienstag
	底因司踏哥

星期三	Mittwoch
	密特窩喝

星期四	Donnerstag
	都呢喝司踏哥

星期五	Freitag
	夫害踏哥

星期六	Samstag
	沙母司踏哥

❹ 日期（二）　　　　　　MP3-146

週末	Wochenende
	窩喝恩得

這個星期	diese Woche
	敵這 窩喝

上星期	letzte Woche
	淚此特 窩喝

下星期	nächste Woche 內司特 窩喝
這個月	diesen Monat 低枕 莫那特
上個月	letzten Monat 淚此疼 莫那特
下個月	nächsten Monat 內克司疼 莫那特
今年	dieses Jahr 低者司 牙喝
日出	Sonnenaufgang 收能凹夫缸
日落	Sonnenuntergang 走能翁特喝缸
半夜	Mitternacht 密特那喝特
未來	künftig 空夫替序
過去	vergangen 非喝剛更
現在	jetzt 也此特
總是	immer 印麼喝
每天	jeden Tag 也登恩 踏哥

春天	Frühling 夫另哥
夏天	Sommer 總馬喝
秋天	Herbst 黑兒不司特
冬天	Winter 允特喝
1月	Januar 央窩喝
2月	Februar 非不屋我喝
3月	März 妹兒此
4月	April 阿普西了
5月	Mai 沒
6月	Juni 由你
7月	Juli 由力
8月	August 凹故司特
9月	September 社普天伯

10月	Oktober 歐哥偷伯
11月	November 若分伯
12月	Dezember 地此亨伯

日常生活篇

❶ 生活上常用動詞 MP3-148

去	gehen 給恩
出發	weggehen 威給恩
回來	zurückkommen 走黑客扣門
販賣	verkaufen 飛喝高分
吃	essen 艾森
居住	wohnen 窩人
給	geben 給本
使用	benutzen 北怒稱
作、做	machen 罵很

說	sagen 扎根
說話	sprechen 司配訓
看	sehen 己恩
閱讀	lesen 淚怎
知道	wissen 威森
學習	lernen 類喝能

❷ 生活上常用形容詞（一）　MP3-149

大	groß 扣司
長	lang 郎哥
高	hoch 后喝
重	schwer 書為喝
多	viel 飛了
遠	weit 外特
早	früh 佛夫戶

快速	schnell 司內了
好	gut 故特
新的	neu 怒
正確	richtig 黑西替序
一樣	gleich 歌來序
忙	beschäftigt 北司學夫替序特
有趣	interessant 印特黑上特
美麗	schön 社恩
甜	süß 住司

❸ 生活上常用形容詞（二） MP3-150

小	klein 客來呢
短	kurz 扣喝此
低，矮	niedrig 內得黑序
輕	leicht 來序特

一些，少	wenig 為逆序
近	nah 拿喝
遲，晚	spät 司北特
慢	langsam 郎哥沙母
老舊	alt 阿了特
錯誤	falsch 發了序
別的	andere 昂得喝
容易的	einfach 艾恩發喝
溫和	sanft 張昂夫特
好吃	lecker 淚克喝
辣	scharf 下喝

❹ 生活上常用疑問詞 　　　　　MP3-151

什麼	was 瓦斯
誰	wer 為喝

怎麼	wie(wieso)
	為（為走）
哪兒	wo
	窩
多少	wieviel
	為非了
為什麼	warum
	挖後母
從哪兒來	woher
	窩黑喝
到哪兒去	wohin
	窩西恩
哪個	welche
	威了雪

⑤ 生活用品（一）　　　MP3-152

鑰匙	Schlüssel
	書路血了
毛毯	Decke
	得客
肥皂	Seife
	在佛
洗髮精	Shampoo
	商撲
洗髮乳	Haarspülung
	哈喝蘇普龍割
浴帽	Duschkappe
	督書卡普

毛巾	Handtuch 憨兔喝
浴巾	Badetuch 八德兔喝
牙膏	Zahnpasta 參八司踏
牙刷	Zahnbürste 餐部喝司特
衛生紙	Toilettenpapier 拖兒淚疼趴皮喝
打火機	Feuerzeug 佛押宙個
刮鬍刀	Rasiermesser 哈己喝妹色喝
梳子	Kamm 卡門
地毯	Teppich 貼皮序

❻ 日常用品（二）　　MP3-153

洗滌劑	Waschmittel 挖序密貼兒了
瓶子	Flasche 夫拉雪
鍋子	Topf 偷普夫
刀子	Messer 妹色喝

叉子	**Gabel** 嘎北了
湯匙	**Löffel** 盧佛了
筷子	**Eßstäbchen** 愛司特撲兄
平底鍋	**Bratpfanne** 把哈特發呢
砧板	**Schneidbrett** 司耐了不喝特
盤子	**Teller** 貼了喝
玻璃杯	**Glas** 哥拉司
杯子	**Tasse** 踏社
小茶壺	**Teekanne** 貼卡呢
菜刀	**Kochmesser** 口喝妹色喝
飯碗	**Reisschale** 害司沙了

❼ 房間格局　　　　　　　　　　MP3-154

房間	**Zimmer** 親門喝
客廳	**Wohnzimmer** 窩恩親門喝

會客室	Salon 雜龍恩
餐廳	Speisezimmer 司百折親門喝
書房	Studie 書讀低
廚房	Küche 哭學喝
廁所	Toilette 禿窩淚特
陽台	Balkon 八了恐恩
寢室	Schlafzimmer 斯拉夫親門喝
浴室	Badezimmer 八德親門喝
衣櫥	Kleiderschrank 克來得喝上克
窗戶	Fenster 分司特喝
大門	Tor 偷喝
工作室	Arbeitszimmer 阿喝百此親門喝
地下室	Keller 凱了喝

⑧ 擺飾、家具

沙發	**Sofa** 走發
書桌	**Schreibtisch** 書海撲替序
椅子	**Stuhl** 蘇兔了
浴缸	**Badewanne** 八德挖呢
書架	**Bücherregal** 不學黑嘎了
階梯	**Treppe** 特黑波兒
桌子	**Tisch** 替許
床	**Bett** 貝特
雙人床	**französisches Bett** 房促記學司 貝特
插座	**Steckdose** 司貼克都折
水龍頭	**Wasserhahn** 娃色汗
鏡子	**Spiegel** 司皮個了
床單	**Bettuch** 貝特兔喝

睡衣	Schlafanzug
	書拉夫安促哥
棉被	Federbett
	非得喝貝特
枕頭	Kopfkissen
	口不幾生

❾ 家電製品 MP3-156

照相機	Fotoapparat
	佛偷阿八哈特
時鐘	Uhr
	物喝
手錶	Armbanduhr
	阿棒特務喝
收音機	Radio
	哈低喔
冰箱	Kühlschrank
	庫了序航哥
電話	Telefon
	貼了佛恩
冷氣機	Klimaanlage
	科哩麻昂藍個
電視	Fernsehapparat
	非喝係阿八哈特
熨斗	Eisen
	愛任
微波爐	Mikrowellenherd
	密口威冷黑而得

烤麵包機	Toaster 偷司特喝
果汁機	Mixer 密科社喝
洗衣機	Waschmaschine 挖序麻訓呢
電扇	Ventilator 萬踢了偷喝
CD播放機	CD Player 西低 撲累牙喝
錄影機	Videorekorder 威爹喔喝口得

⑩ 辦公用品（一）　　　　　　　MP3-157

電腦	Computer 空普幽特喝
筆記型電腦	Notebook Computer 若特不客 空普幽特喝
螢幕	Monitor 某逆偷喝
傳真機	Fax 發克司
電腦病毒	Computer-Virus 空普幽特喝-威戶司
文書處理機	Textverarbei tungsgerät 貼科司特非阿喝敗 通司給黑特
儲存	Schützen 書稱

讀取	lesen
	淚怎
磁碟片	Disket
	低司凱特
光碟	CD-Rom
	西低-後母
軟體	Software
	收夫特威喝
畫面	Schirm
	司阿母
網際網路	Internet
	因特喝內特
網站	Web site
	威普 賽特
電子郵件	E-mail
	伊-妹兒
密碼	Kennwort
	凱呢窩喝特

⑪ 辦公用品（二） MP3-158

鉛筆	Bleistif
	不來司替夫
原子筆	Kugelschreiber
	哭個了書甩伯喝
筆記本	Heft
	黑夫特
橡皮擦	Radiergummi
	哈低兒姑米

立可白	Tippex
	踢配克司
剪刀	Schere
	雖喝
美工刀	Cutter
	哭特喝
膠水	Klebstoff
	科淚不司偷夫
尺	Lineal
	力你阿了
電子計算機	Rechenmaschine
	黑生麻序呢
釘書機	Heftmaschine
	喝夫特媽序呢
圖釘	Reißzwecke
	海司此威可
文書夾	Akte
	阿可特
迴紋針	Klammer
	克拉門喝
空白紙	Notizblock
	若踢此不漏可
影印機	Tintenstrahldrucker
	汀疼司踏偷哥喝

德語系列：14

第一次學德語，超簡單!

編著／魏立言
審訂／Glen Muller
出版者／哈福企業有限公司
地址／新北市中和區景新街347號11樓之6
電話／(02) 2945-6285　傳真／(02) 2945-6986
郵政劃撥／31598840　戶名／哈福企業有限公司
出版日期／2017年1月　再版二刷／2018年11月
定價／NT$ 329元 (附MP3)

全球華文國際市場總代理／采舍國際有限公司
地址／新北市中和區中山路2段366巷10號3樓
電話／(02) 8245-8786　傳真／(02) 8245-8718
網址／www.silkbook.com　新絲路華文網

香港澳門總經銷／和平圖書有限公司
地址／香港柴灣嘉業街12號百樂門大廈17樓
電話／(852) 2804-6687　傳真／(852) 2804-6409
定價／港幣110元 (附MP3)

email／haanet68@Gmail.com
網址／Haa-net.com
facebook／Haa-net 哈福網路商城

郵撥打九折，郵撥未滿1000元，酌收88元運費，
滿1000元以上者免運費

Copyright © 2016 HAFU Co., Ltd.
Original Copyright © 3S Culture Co., Ltd.

國家圖書館出版品預行編目資料

第一次學德語,超簡單! / 魏立言／編著,Glen Muller
／審訂-- 新北市：哈福企業, 2017.1
　面；　公分. -- (德語系列；14)
ISBN 978-986-5616-83-0(平裝附光碟片)
1.德語 2.讀本

805.28

哈福